看那些海豚，它们那么无忧无虑。

没有人会指责它们做错了什么。

它们只需要在水中畅游，在空中翻腾。

苏菲的航海日记。

感受着风吹到你的脸上、拂过你的头发，
闻着大海的气息，
你会感觉到无比地自由。

苏菲的航海日记

也许那些曾经住在这儿的居民会一个个回来，
回到他们的老房子里，在这里重新开始生活。

苏菲的航海日记

The Wanderer

[瑞士] 莎伦·克里奇◎著　　陈水平◎译

湖南文艺出版社
HUNAN LITERATURE AND ART PUBLISHING HOUSE　　小博集
BOOKY KIDS

著作权合同登记号：图字 18-2023-133

图书在版编目（CIP）数据

苏菲的航海日记 /（瑞士）莎伦·克里奇著；陈水平译 . -- 长沙：湖南文艺出版社，2024.1
书名原文：The Wanderer
ISBN 978-7-5726-1302-9

Ⅰ. ①苏… Ⅱ. ①莎… ②陈… Ⅲ. ①长篇小说－瑞士－现代 Ⅳ. ① I522.45

中国国家版本馆 CIP 数据核字（2023）第 128387 号

上架建议：畅销·儿童文学

SUFEI DE HANGHAI RIJI
苏菲的航海日记

著　　者：［瑞士］莎伦·克里奇
译　　者：陈水平
出 版 人：陈新文
责任编辑：张子霏
策划出品：李　炜　张苗苗　文赛峰
策划编辑：文赛峰
特约编辑：焦玲玲　张晓璐　丁　玥
营销编辑：付　佳　杨　朔　付聪颖　周　然　赵子硕
版权支持：王立萌
封面设计：梁秋晨
版式设计：马睿君
绘　　者：哆　多
版式排版：金锋工作室
出　　版：湖南文艺出版社
　　　　　（长沙市雨花区东二环一段 508 号　邮编：410014）
网　　址：www.hnwy.net
印　　刷：三河市鑫金马印装有限公司
经　　销：新华书店
开　　本：875 mm × 1230 mm　1/32
字　　数：156 千字
印　　张：9.625
插　　页：2
版　　次：2024 年 1 月第 1 版
印　　次：2024 年 1 月第 1 次印刷
书　　号：ISBN 978-7-5726-1302-9
定　　价：35.00 元

若有质量问题，请致电质量监督电话：010-59096394
团购电话：010-59320018

我想永不停歇地航行、航行

谈论《苏菲的航海日记》是一件困难的事情。

每次读到这本书的最后一句"邦皮，再见。大海，再见"，我都会怔怔失神。随着主人公苏菲经历完大海的波涛汹涌，这一刻，我的心中似乎也有各种思绪翻腾，是看到苏菲最终抵达彼岸的喜悦，是理解她可以与过去道别的释然，也是发现她收获一种新生的欣慰。但是，我总觉得这样的思绪里，还有一个深深感染、打动我的东西，我没能把它立刻辨认出来。于是，我一次又一次回到书里，回到大海，回到苏菲身边。由此，这本书，我前前后后读了五遍不止。到后来，我还是说不上来，是不是抓住了它，不过，有一点可以确认，对苏菲，对她的航海故事，我有了更深层的理解。

一、好一场冒险哪！

《苏菲的航海日记》无疑是一部成长小说，苏菲的成长就是借着这一次航海完成的。因此，在这个故事中，作为危险存在的"大海"，仿佛成了另一个无处不在的主角。开头就是："大海！大海！大海！海浪翻滚着，涌动着，朝我呼唤——来吧，来吧。"这一句在故事里不断出现，是一声声召唤，更是一声声向往。

作者莎伦·克里奇对大海的描写极为细致：

大海，大海，大海！大海不断翻滚着，涌动着，它呼唤着我。每一天，大海的颜色都会随着时间的变化而变化，先是蓝色，然后是黑色，再是灰色，随着光影的变幻，深浅不一。我爱大海，我爱大海！

这是在起航初期，大海还比较温柔。你看，这样的描写，轻快的短句，反复的节奏，正像是一浪又一浪拍打过来的波涛，那变幻的颜色，也是苏菲最初这些天变幻的心情。随着航行继续，苏菲看见了更多面的大海：

海浪不断翻滚着，好像大海有了生命。它有呼吸，有自己的脾气，而且是变幻莫测的脾气！它时而安静平和，就像睡着了一般；时而调皮好动，翻滚着，泼洒着浪花；时而愤怒狂暴，把我们拍打得晕头转向。大海似乎也有多重性格，就像我一样。

灵动的文字之中，大海鲜活地显现出来。更重要的是，细细品味，在这样的描写里，苏菲将自己与大海联系在一起，也是一种隐秘的呼应。

到了《风浪》这一篇，航程更远了，风浪大起来了，大海的形象变得暴烈而肆虐：

大海！大海！大海！海浪不断拍打着，翻滚着，朝我怒吼着。

大海！大海！大海！海浪一直翻滚着，像要沸腾了一样。

大海！大海！大海！大海不断怒吼着，海浪翻滚着，我的内心难以平静。我们所有人都难以平静。

我被这句"大海！大海！大海！"迷住了，虽然我知道，现在它每出现一次，就意味着苏菲又一次身陷险境。然而，在这样无边的危机中，苏菲仍然每次这样记下"大海！大海！大海！"，这恰恰反映了她生命里的高昂与不屈，与她的命运形成映照。大海的巨浪毫无顾忌地拍打过来，而生活的巨浪又何尝放她一马？苏菲都坚强地挺住了。

反复读"大海！大海！大海！"，你会发现，诗一般的节奏非常突出。莎伦·克里奇的文字是很有诗意的，她必定是一个爱读诗的人。苏菲反复说着"大海"，对此最棒的回应，就是多克舅舅那一句"鼓起勇气！潮水很快会送我们靠岸登陆"，而这正出自诗人丁尼生的著名诗作《食莲人》。

苏菲驶过了大海的平静，经历了大海的奔腾，最终"划破这喧哗的海浪"，这本来就是一件无比诗意的事情。当我合上书本时，脑海里有无数画面和声音，除了几位勇士穿越海洋的身影，更多的是大海的雄伟与庄严，这些深入我心。苍茫的大海，一次一次让人惊叹，让人震撼，也让人畏惧。好一场冒险哪！

二、苏菲，加油！

再来说说苏菲。苏菲自然是这部小说的主角，在我看来，从她登场到故事结束，她的行事、性格方面并未发生大的转变，她还是开头那个活泼、真诚的女孩。但是，结尾她说什么？

我感觉自己就像被清澈冰凉的海水浸泡过后，从水里出来的那刻一样，洗去了所有尘埃，变成了全新的一个人。

若没有变化，何来全新的一个人？到底是哪里不一样了？仔细读完这个故事，你就会懂得，成长并不仅仅意味着"增加"，有的时候，成长是"减少"，是"放下"。在苏菲这里，最显著的就是，她所在的世界发生了变化。那个最初的问题，她终于可以回答："如果我不在梦境，不在现实，也不在'倔强之地'，那我该在哪儿呢？"答案就在这本书的最后，在她的最后一篇日记里："此时此刻，我就在这里。"

其实每次读到这里，我都会想，莎伦·克里奇拿纽伯瑞奖真是名副其实，她的故事里就是有大师气象，总是直面成长、生活的本质，经常抛出一些有特别意味的话，让人哑摸，耐人寻味。

故事里，苏菲另一个很大的成长，就是她对死亡的认知与理解：

也许我们不是只有一个"自己"，而是有无数个"自己"，分别生活在上百万个不同的平行空间里。就好像一条线分出了支线，支线又分出新的支线，这个过程不断进行，但总归是有一条主线。

正因为有了这样的理解，加上后面与邦皮的见面，苏菲放下了她生命中最大的事件，也就是她的身世之谜。有关她的身世，莎伦·克里奇一直保密，透过苏菲自己破碎的梦境和几位舅舅的欲言又止，营造出神秘的氛围，吸引读者一直往下阅读，直到遇到邦皮，在连绵的群山之侧，揭开了全部谜底。到这里，读者知晓了苏菲的身世，而苏菲也不再纠结于过往痛苦的记忆，不断将生活过的"平行空间"抛在身后，这正是摩舅舅送给她的那幅画所描绘的：

我坐在吊椅里，在高空中飘荡着，飘荡在海浪之上。海水是一望无际的蓝色，天空也是一望无际的蓝色。我的脚下，在蓝色的海水中有一对海豚，它们正腾空而起。

苏菲内心的成长与这一段航海经历大有关系。在暴风与巨浪面前，很难有那么多对过往的留恋，醒着的时间和全部的精力都得用到工作上。她经历过那么多苦痛，无论她记得多少，这一回，在巨浪的冲刷下，都涤荡而去，"洗去了所有尘埃"。这一段她与科迪、布赖恩和几位舅舅同舟共济的经历，让她在最危险的环境里，获得了她最在意的、家人才能给予的安全感。全新的苏菲，不过如此。

三、所有的都写下来。

《苏菲的航海日记》是一部日记体小说。这并不稀奇，稀奇的是，莎伦·克里奇在主角的日记之外，增加了另一个角色科迪的日记，两个人的日记拼接在一起，构成了整本书全部的故事。这是一个极其大胆又巧妙的结构。航行期间，两个人的经历是一样的，那对同一件事，能写出什么不同吗？还真能！书里面，苏菲与科迪的日记既相互映衬，又互相阐发，有时还能互为表里。他们在观察彼此，他们在了解对方，他们在认识自己。就连船上的大人，也在经历重生，思图舅舅的失业，多克舅舅的爱情……实际上，随着阅读，你会慢慢感受到，漫游者号上的这一群人，他们的心在逐渐靠近，关系也愈加密切。

相对来讲，科迪的日记篇幅少于苏菲的，但哪怕是少少的篇幅，这些日记对于情节发展都有重要作用，既很好地填补了苏菲的日记留给读者的空白，又用一些新的困惑推动着故事前进，也表现出了科迪内心的成长。科迪对苏菲一直心存善意，直到故事快结束时，他还在帮助苏菲找回一些失去的记忆。

这个故事里还有一部分情节与写作相关，那就是邦皮写给苏菲的那些信。这是到故事的尾声才揭开的谜底，为什么苏菲能够讲述那么多关于邦皮的故事。到这里，科迪懂了。很难想象，假如没有邦皮这些信，苏菲在经历那么多波折后，是不是还有勇气再次走入这样一个家庭，即使她想一切都"从零开始"，即使爸爸妈妈对她那么好。这时，我才恍然大悟，为什么他们要兜这么大一个圈，横越过浩瀚的大海，来找邦皮，他就是苏菲这一次重新出发的起点。

写作是有力量的。写作就是疗愈。何况苏菲写得这么好：

我想一直这么航行，永不停歇，穿越海洋，与海浪、海风和鸟儿为伴。

以上就是我辨认出的那些重要的东西。是不是还有呢？当然！

一群人在大海上与鲸鱼、海豚的相遇；几位舅舅不同的人生轨迹；多克舅舅暗夜的哭泣，这都是怎么回事呢？到了尾声，这些都消失了，就像"水流卷着树枝和叶子流到铁路桥的下面"。你应该会懂，就算一切都会消失在河流的拐弯处，也要始终向前。就像摩舅舅说的，好奇心、无穷的精力，这些不应该随着年龄增长而失去。

　　美国著名成长小说作家克拉克·布莱斯在《侨居者》中写道："我希望文学能够教我生活，而不是文学本身。"当我又一次读到《苏菲的航海日记》那一行小字："邦皮，再见。大海，再见。"我领悟到了，从这里，河水日夜不停地奔流，就像苏菲的生活重新开始一样，拿上船桨，她就能走。

　　——那么，你呢？

冷玉斌

全国优秀教师、语文名师、知名阅读推广人
"国培计划"北京大学小学语文课程开发及教学指导专家
《中国教育报》"2015 年度推动读书十大人物"

这是个真实的故事，我的故事。我会在故事里告诉你，大海是怎样将我抓住，将我卷入其中，又冲回海岸……

——佚名"海员"

目 录 Contents

第五篇　风浪

第六篇　上岸

昨晚，我们伴着星光沿着康涅狄格的海岸线试航，我的心几乎要跳出胸膛，一跃而上，飞向天空。天鹅绒般的蓝黑色天幕上点缀着珍珠似的繁星，黑黢黢的海面波光粼粼，海天相接，融为一片。风轻轻地吹打着船帆，拂过我们的脸庞和手臂，海水的味道扑面而来。啊，一切都是那么令人向往！

　　我们真的启程了！

第一篇　准备

海浪翻滚着，涌动着，朝我呼唤——

来吧，来吧。

第一章　大海

苏菲

大海！大海！大海！海浪翻滚着，涌动着，朝我呼唤——来吧，来吧。

于是我跳进大海，在海里漂浮，翻滚，击水，游啊游。突然，大海朝我吼叫——走开，走开。我本想朝大海深处游去，但大海掀起巨浪，把我冲回岸边。

我乘着不同的船——皮划艇、小舢板和摩托艇——驶向海洋。它依然吼叫着——走开，走开。但自从我学会航行，每当我飞跃水面，耳旁只响起风声、水声和鸟鸣声，所有声音似乎都化作声声呼喊，远航吧，远航吧。

我想一直这么航行，永不停歇，穿越海洋，与海浪、海风和鸟儿为伴；但是人们说我太小，还不能够应付大海这个危险的诱惑者。晚上，我做了个噩梦。我梦见身后升起一道黑色的巨浪，它像堵墙一样在我身后，浪头越过我的头顶，眼看就要朝我拍打下来。但每次我要被卷入其中时，我都会惊醒过来。醒来后，我依然会心悸，感觉自己还在海面上漂啊漂。

第二章　三重性格

苏菲

　　虽然我常听到大海在呼唤我，但我并不是个总爱做梦的女孩。爸爸常说我是三面苏菲：一面爱做梦，富有浪漫色彩；一面善推理，脚踏实地；还有一面易冲动，非常固执。他说，我要么在梦境里，要么在现实里，要么在"倔强之地"，但凡我能把这三面融合一点，我的性格就完美了。但如果我真把这三面融合在一起，我该待在哪儿呢？也就是说，如果我不在梦境，不在现实，也不在"倔强之地"，那我该在哪儿呢？

　　爸爸说，善推理是我最像他的一点，而爱做梦是我最像妈妈的地方。我认为这个说法很不公平。爸爸总是自认为他很善推理，事实上，他总是喜欢研究那些充满异域风情的照片，一天到晚嚷嚷着"我们应该去那里探险""我们应该乘坐热气球去环球旅行"。而我的妈妈虽然是位纺织工，擅长纺织丝绸，喜欢穿着仙气飘飘的裙子；但我的航海课本却是她送的，也是她鼓励我学习水上安全知识，学习如何预测天气的。她总是对我说："是的，苏菲，我教过你驾驶船只，但这并不意味着我支持你独自驾船出海。我更希望你在家待着，待在我身边，那样最安全。"

爸爸说，他也不知道我的倔驴脾气到底是遗传了谁，因为整个家族里就从没有过"倔"的基因。

我十三岁了，终于可以远航了！尽管我想独自去远航——想象一下！独自一人！飞跃水面！——但事实是我没能独自一人去。我靠着我的倔驴脾气，争取到搭乘一艘四十五英尺^①的帆船出国航行的机会，船员们几乎

---

① 英尺：英美制中的长度单位。1 英尺 = 0.3048 米。——编者注（除特殊说明外，本书脚注均为编者注。）

都是"杂牌军"——我的三个舅舅思图、摩和多克,还有我的两个表兄。妈妈警告他们:"如果我的苏菲少了一根汗毛,我会用绳子把你们都绑起来。"

她不担心(也许她应该担心)布赖恩会影响我,因为布赖恩稳重、勤奋,又严肃;但是她很害怕我会被另一个表兄——恶习满满的科迪带坏。科迪十分莽撞,还爱意气用事,有一种妈妈根本欣赏不来的"魅力"。妈妈总说:"他太有'魅力'了,充满危险。"

不太乐意我参与这次行程的人并不只有妈妈一个。思图舅舅和摩舅舅几次劝说我退出,他们对我说,"船上一大堆男人,我们会做男人做的事情,小姑娘可不适合待在这里""苏菲,你难道不想待在家里天天洗澡吗""出海航行是很辛苦的事情"。总之,他们不停地唠叨着。

但我一旦做了决定,那股子倔驴劲儿就上来了,我像放连珠炮一样说出一大串关于航海和天气的术语。我把我在航海书上学到的东西一股脑地倒出来,还真把他们唬得一愣一愣的。当然,为了达到目的,我还胡编乱造了不少。

多克舅舅——我叫他"好舅舅"，因为他是唯一一个不反对我参与此次航海活动的人——说："天哪，苏菲知道的航海知识居然比布赖恩和科迪两个人加起来的还要多。"于是，其他人让步了。

妈妈没有把我绑在床上以阻止我参与这次行程，还有另外两个原因。第一个原因，多克舅舅给了她一份登船安全设施清单，清单里还列有卫星定位和全球定位系统。第二个原因，虽然不是很符合常理，但对妈妈来说是一种安慰，那就是大海的另一边有邦皮在，我们最终会停靠在邦皮那里，和邦皮团聚。哈哈，现在连妈妈都希望加入我们。

邦皮是我的外公，是妈妈的爸爸，也是多克舅舅、思图舅舅和摩舅舅的爸爸。外公曾经和我爸爸妈妈一起住了很多年，他就像是我的另一个"父亲"或"母亲"。我很爱他，因为我很像他，他跟我一样，也有三重性格。我们之间总是充满默契，往往我还没开口，他就知道我想说什么。他总是和蔼可亲，说起话来温和动听，还很会讲故事。

邦皮七十二岁那年，他决定回家。唉，我一直以为我们家就是他的家，但他认为他的家应该是他出生的地方，那里有"英格兰绵延不断的群山"。

爸爸说整个家族从没有过"倔"的基因，看来他是错的。邦皮一旦决定回英格兰，就没有什么能够阻止他。他下决心要回去，于是他出发了。

再见，邦皮。

第三章　漫长的等待

苏菲

　　启航的日期就定在六月的第一周，那时学期正好结束。出发前最后那几周好难熬啊，我掰着手指头一个小时、一个小时地数着，多想把自己用力一甩，就丢到出发的那一天。我一遍又一遍想象着出发的细节。我告诉爸爸妈妈，那天放学，我会一路奔回家，抓起我的背包，随便搭辆车就冲向汽车站，与在康涅狄格的舅舅和表兄们会合，然后我们就可以扬帆出海啦。

　　"苏菲，不要那么着急。"爸爸说，"等到那天，我和你妈妈会开车送你去的。我们不会让你独自一人坐车的。"

好吧。在我们这个巴掌大的地方，除了我，似乎每个人都在冒险。其实，我们以前住在弗吉尼亚的海边，但就在去年，爸爸妈妈想出了一个伟大的计划——搬到这个小镇，因为妈妈想念肯塔基的山脉，她是在这儿长大的。

所以我们搬到了这个冷清的小镇。这里唯一的河流是俄亥俄河，它像这个小镇一样冷清。这里的人都很喜欢这条河，但我实在不能理解。这是一条波澜不惊的河流，河里既没有螃蟹也没有水母，甚至一眼望去，你都看不到多远，因为没多远就到了一个河湾。

但对于我的同班同学，无论是在河里还是在河岸，俄亥俄河简直就是一个冒险天堂。他们在河边钓鱼，在河里游泳，乘着木筏顺流而下。我也想做这些事情，但是我更想去海里，在一望无际的大海里钓鱼，游泳和漂流！

我曾告诉我的朋友们，我要驾船横跨大海，一个朋友说："这里就很棒了，河水每天都在滚滚流过。"

另一个朋友说："你初来乍到，我们还不了解你，比如你之前住在哪里，还有……"

　　我不想跟他们聊我的过去。我想从零开始。这是搬来这里的一个好处，一切就像是重新开始一样。

　　还有一个朋友说："为什么你要让自己像囚犯一样被困在船上？"

　　"囚犯？"我回答道，"怎么会是囚犯？我会像天空中飞翔的松鸦一样自由！"

　　我向他们描述大海如何波涛汹涌，天空怎样无边无际，我还告诉他们海浪一直在召唤我。不过还没等我讲完，他们就已经无精打采地打起了哈欠，说着"随便吧""你会死在海里"，以及"万一你回不来了，我能拿走你的那件红色夹克吗"这类的话。也许他们永远都不会理解我的冒险，不明白我为何要出发，但不管他们是否理解，我都要去。

　　我正在用的这个日记本是妈妈送我的。她说："从现在开始，写日记，把你的所有见闻都写在这个日记本上。等你回来，我们就可以读你的日记，就好像我们也去过你所去过的那些地方。"

　　我的老师可不想听我说那些航海的事。

　　"苏菲！把你的航海书收起来，拿出你的数学书！"

"苏菲！还没放学呢！收收心！拿出你的语法作业！"

昨天，多克舅舅打电话来告诉我，不是一到那边我们就能够出发，我们还有很多的准备工作要做。"有一大堆活儿要干！"他说。

我并不介意干活儿，相反，我喜欢所有跟船相关的活计。我迫不及待地想要去海上航行，我想拥抱大海，想闻一闻，尝一尝海的味道。

第四章 大"宝宝"

苏菲

　　最终，只有爸爸开车送我去康涅狄格。妈妈说，她无法保证自己能表现得像个成年人，她担心自己会"瘫成一团果冻"，会不理智地抓住我，不愿放我走。我不断地跟她强调，这就是一次小小的跨洋旅行，没什么大不了的，我们甚至不需要返航，因为多克舅舅要把船留在他英格兰的朋友那儿。

　　妈妈应该是想到了一些可能在海上发生的可怕事情，但是她没有把这些说出来。我可不愿意想象那些可怕的事情。

　　"有时候，"爸爸说，"有些事情是你必须要做的。

我想这次远航就是苏菲必须要做的事情之一。"我感到很惊讶。我确实觉得这是我必须要做的事情，但是我又说不清楚为什么会有这种感觉。我对爸爸这么说感到惊讶且感激，他甚至还没听我解释就能理解我。

"好吧，好吧！"妈妈说，"去吧！你最好毫发无伤地回来！"

我和三个舅舅、两个表兄一起在多克舅舅的小屋子里待了整整两周！我开始担心，因为这么多人住在一起这么长时间，即使是在陆地上都快撑不下去了，更别说是在海上。大概等不到这么久，我们就要干仗啦。

船目前还被架在干燥的陆地上。我必须承认，我第一眼看到那艘船的时候真觉得它不怎么样，一点也不像能够在海上航行的样子。不过这艘船有一个超酷的名字：漫游者号。我甚至可以想象自己乘着这艘船横跨海洋，在海中漫游、漫游。

这艘船是多克舅舅的，他叫它"宝宝"。在我眼里，这艘船巨大无比，比我见过的任何一艘船都要大。这艘船长达四十五英尺（这真是非常大的"宝宝"了），船体蓝白相间，船上有两根一样长的桅杆，船帆被包裹在轻巧的桅杆上。

甲板下面有一间卧室，可以容纳六个人（前面四个人，后面两个人）；一间带有冰箱、水池和炉子的小厨房；一个洗手间。卧室里有一张桌子（两张床折叠起来就变成了桌前的长椅），一张海图桌和一些航海设备，还有几个储物架和橱柜。

第一天，木匠出身的多克舅舅领着我们登上了漫游者号，清点需要修理的东西。"这个'宝宝'还需要稍微'照料'一下。"他说，"船舵需要检修，没错，还有龙骨。"他接着说，"船舷①都需要重新做，电路要重新走线，整艘船都需要收拾整洁"。

没错，没错，没错。

布赖恩忙着把这些都记在写字板上。我们在船上转完了一圈后，布赖恩说："好了！这是修理清单。我想，我们还应该列一张所需配件的清单。"

话没说完，他爸爸——我的思图舅舅——便打断了

---

① 舷：船壳上船底和船侧间的弯曲部分。

他："不愧是我的儿子，做事真有条理！"

思图舅舅的真名是斯图尔特，但是所有人都叫他思图。因为他顾虑太多，所有细枝末节都必须思索一遍。他又高又瘦，有着一头稀疏的黑发。思图舅舅的儿子布赖恩看起来就像年轻时候的他。他们走路都是一摇一摆的，和提线木偶一样。而且他们都喜欢有条不紊地做事。

布赖恩这边还在列清单，我的另外一位表兄科迪就等不及开始摆弄船舵了。"不要碰！"思图舅舅说道，"我们还没有把清单列清楚！"

布赖恩说："等清单准备好了，我们再分头行动。"

"不愧是我的儿子，"思图舅舅说，"真像个管事的人。"

没错。

天气炎热，大多数时间气温高达35℃。而且每个人都有自己的维修任务。摩舅舅大部分时间都躺在一张折叠帆布椅上，看着我们几个，时不时大声下达命令："不是那样的，要从另一端开始。你这个笨蛋！刷子是这样用的吗?!"很多时候,他的这些话是对他儿子说的。但他的儿子科迪有些"选择性失聪",他可以听见我们的话,但是几乎听不见他爸爸说了些什么。

摩舅舅有些胖乎乎的,他喜欢光着膀子四处闲逛,把皮肤晒成古铜色。相反,他的儿子科迪(就是我妈妈觉得既有"魅力"又很危险的那个)结实又强壮,总是吹着口哨、哼着歌儿,咧开嘴一笑就露出一口整齐的白牙。那些经过我们船坞要去公共沙滩的女孩子总会停下来看他,希望能够得到他的注意。

多克舅舅既随和又安静,不管有多少需要做的工作,也不管有多少意外发生的小事件,似乎没有什么事情能打扰到他。无论是布赖恩撞翻了一罐清漆,还是科迪把甲板凿了个洞,或是思图舅舅把电线搅作一团,多克舅舅都只是耸耸肩,说道:"我们会解决的,没错。"

第二天,思图舅舅和布赖恩把大部分的工作分配完之后,我问道:"那我呢?你们想让我做点什么?"

"你?"思图舅舅说,"哦,是的。我想你可以负责清洁——洗洗刷刷之类的。"

"我想做修理工作。"

思图舅舅假装哈哈大笑："哈、哈、哈！苏菲，你觉得你能修什么呢？哈、哈、哈！"

"我想修那个船舷——"

"哦？"他朝着其他人笑了笑，似乎在分享一个只有他们才懂的笑话，"那你来说说船舷该怎么修。"

然后，我告诉他我要怎么重新设计船舷，还有我可能需要用到的工具有哪些。听着我讲得越来越多，思图舅舅脸上的笑容渐渐消失了，但多克舅舅却咧着嘴笑了。

"听见了吗？"多克舅舅说，"她懂不少船舶知识呢，让她去修船舷吧。"

布赖恩手里拿着写字板，像提线木偶一样挥动着他的手臂，问道："那谁负责清洁呢？没有人打扫——"

"我们一起打扫。"多克舅舅回答。

"我不做。"摩舅舅说，"打扫我可不在行，让其他人去做吧！"

所以我们（除了躺在椅子上晒太阳的摩舅舅）忍受着炎热的天气，汗流浃背地在停在船坞的漫游者号上辛勤地劳动着。我们检修好船舵、龙骨，重新设计了船舯，布好电线线路，让一切变得井井有条、干干净净。

那天早晨，漫游者号离开了船坞。当起重机用吊索将漫游者号吊起来又将它慢慢放到水中时，多克舅舅、布赖恩和我正在船上。这真是一种怪异的感觉：船在不断地下降、下降。我没有想过它会停止下降，但它突然"扑通"一下，就像在空中摆动的软木塞一样摇摇晃晃地落到了水面上。

漫游者号浮起来了！

"布赖恩，你还好吗？"多克舅舅问道，"你好像有点站不稳。"

"我有点想吐，"布赖恩说道，"到了海上，才知道这艘船这么小，它能保障我们在海上的生命安全吗？"

"小？"多克舅舅说，"漫游者号可是一个美丽的大宝宝。"

"是我们小小的岛屿之家。"我说。

我给爸爸妈妈寄了一张明信片，告诉他们我马上就要乘坐漫游者号开始漫游了。

第二篇　试航

我想要成为一位航行者，一位漫游者，

不停地开着船朝邦皮飞奔而去。

第五章 浮起来了

苏菲

我们出发啦！

昨晚，我们伴着星光沿着康涅狄格的海岸线试航，我的心几乎要跳出胸膛，一跃而上，飞向天空。天鹅绒般的蓝黑色天幕上点缀着珍珠似的繁星，黑黢黢的海面波光粼粼，海天相接，融为一片。风轻轻地吹打着船帆，拂过我们的脸庞和手臂，海水的味道扑面而来。啊，一切都是那么令人向往！

我们真的启程了！大海在呼唤——远航吧，远航吧！轻轻摆动的漫游者号让我想起了邦皮，那是邦皮吗？我记得小时候我坐在他的腿上，他抱着我，轻声地讲着故事。

我们的第一段航程将从长岛湾到布洛克艾兰，然后我们会经过马撒葡萄园岛，绕科德角转一圈再向北海岸前进，接着我们将到达新斯科舍，最终经过长途跋涉到达爱尔兰，再到邦皮所在的英格兰！多克舅舅预计我们需要花费三至四周的时间，但最终的用时将取决于我们会在沿途发现的岛屿上停留多长时间。

科迪也写日记，但是他把日记称为"狗记"。我一开始听到他这么说，还好奇地问道："你是说日记吗？"

他说："不，不是日记，是狗记。"他说他需要写狗记，这是他的一个暑假计划。"要么写一本狗记，要么阅读五本书。我觉得写狗记要比读别人写的书简单多了。"

多克舅舅负责记录船长日志，日志的前面是整整齐齐的地图，标出了我们的行程。思图舅舅和布赖恩宣称他们会特别忙碌，因此没时间去"记录那些重要时刻"。当我问摩舅舅会不会以某种方式记录这次行程的时候，他打了个哈欠。"哦，"他拍拍自己的脑袋，回答道，"我都记在这里。不过也许我会画点东西。"

"您的意思是画画吗？您会画画？"

"不要这么惊讶。"他说。

我确实很惊讶，因为他好像对做任何事情都没有兴趣。

按照布赖恩的清单，我们都有自己负责的日常事务和值班任务。思图舅舅想出一个"三人航行，必有我师"的主意，要我们每个人都教大家一些东西。

"比如？"科迪问。

"任何事情都可以，比如如何通过观察星星或者使用工具确定航向。"

"好吧，"科迪说，"这对你来说倒是轻而易举，但如果我们完全不懂这些知识怎么办？"

"你一定知道一些你能够教我们的东西。"思图舅舅一边说，一边得意地笑。

"玩杂耍可以吗？"科迪说，"我可以教大家怎么玩杂耍。"

"杂耍？"布赖恩问。

"笨蛋。"科迪的爸爸说。

"我想学杂耍，"我说，"我觉得它可不像看起来那么简单。"

"学杂耍有什么用处？"布赖恩追问道。

"好吧，如果你觉得杂耍对你来说太难学了——"科迪说。

"谁说杂耍很难啊？我可以玩杂耍。我只是觉得在船上学杂耍似乎是一件愚蠢的事情。"

我还不确定我能够教什么，但是我会想出来的。我们要在今天晚上之前想好。

今天天气十分完美，阳光明媚、温暖舒适，船也是顺着洋流航行的。微风一路推着船向布洛克艾兰雾蒙蒙的峭壁驶去。我曾经到过布洛克艾兰一次，但是我不记得是和谁一起去的，是爸爸妈妈，还是外公？我只记得自己登上了一座大山的山顶，山顶上到处是紫色和黄色的花丛，还有围着石头野蛮生长的灌木丛。我还记得有一辆蓝色的旧皮卡，车厢后面有几张躺椅。我们一路沿着狭窄的小道行驶，一边眺望大海，一边唱着歌："啊，我们现在在布洛克艾兰，开着一辆大大的蓝色皮卡车——"

外公给我买了一顶船长帽，我每天都戴着。夜晚我们一起去挖蛤蜊，我还在小屋的阁楼里观察飞机。

从那以后的每个夏天，我都期待着能够再次去到布洛克艾兰，但是我们再也没去过。大家都没有时间。

我一直在想，我能够教船上的大家一些什么呢？或者我可以讲邦皮告诉我的那些故事？

多克舅舅和科迪刚刚抓了两条青鱼。太棒了！但是我不想看科迪杀鱼，把鱼开膛破肚。不过，我们所有人都必须做这件事。这是船上的一条规矩。下次就该轮到我了，其实我不想这么做。

不管怎么说，布洛克艾兰的峭壁已近在眼前，青鱼已经被切成条做成午餐，而我也饿了……

第六章　鼻涕虫和疯子

科迪

我简直要被我爸爸给气疯了。他像鼻涕虫一样到处躺着，不但帮不上一点忙，还老发号施令。苏菲真幸运，她的爸爸妈妈不会一直唠叨她。

思图叔叔说，苏菲之所以能参与这次行程，是因为多克叔叔可怜她这个孤儿。思图叔叔叫苏菲"孤儿"。每次他这么叫苏菲的时候，我都想打他一顿。

苏菲提起姑姑和姑父的时候，就好像在说自己的亲生父母一样。其实他们不过是她的养父母，他们住在一起才三年而已。布赖恩说苏菲总是生活在梦境里，但是我觉得她表现得很好。至少，她没有一个人坐在那儿，因为自己是个孤儿而闷闷不乐。

有时候我希望自己也是个孤儿，因为爸爸总是像个大螃蟹一样张牙舞爪，妈妈很怕他，经常可怜兮兮地躲在角落里。

也许我不应该把这些事情写进我的狗记，我应该写写我们的旅程。

我们终于出发了。我的意思是我们终于启航了，这简直太棒了！我还以为我们会一直滞留在陆地上，特别是布赖恩每天都要列出一个新的任务清单。那小子真的太喜欢列清单了，他爸爸也是。他们就是一个列清单小组。

除了帆船真的下海了，漏水不严重也没有翻掉，其他一切如常——至少到目前为止是这样。

第七章 "野生动物"

苏菲

　　昨晚，漫游者号停靠在布洛克艾兰港口以后，科迪、布赖恩和我乘着小艇来到岸上，沿着海滩散步。布赖恩真是个爱小题大做的人，他小心翼翼地卷好牛仔裤以免裤腿被打湿，一路上蹦来跳去避开海浪，还有事没事总在看手表。

　　"现在是七点十分。"他宣布。十分钟以后，他又说："现在是七点二十。"又过了十分钟，他继续报时："现在是七点半。"

　　"你能不能别啰唆了？"科迪说，"现在是什么时间重要吗？"

布赖恩绕开一块埋在沙子里的石头，并往后跳了一步，躲开了浪花拍打在石头上溅起的水花。"我们要在天黑之前返回。"他说。

科迪看了看还在西边天空徘徊的太阳，说："你知道吗？我想我们能够辨别什么时候天黑，没有手表也能做到！"

"哈哈！"布赖恩回答。

这时，两个女孩从对面走来。"嘿，快看，野生动物！"科迪对布赖恩说。

"哪儿？什么？"

"宝贝儿，"科迪说着，眼睛盯着那两个女孩，"宝贝儿。"

其中一个"野生动物"在科迪前面停了下来，朝他甜甜一笑。"嘿。"她跟他打招呼。

"嘿。"科迪回了一句。

"你们知不知道，我是说，也许你们正好知道现在几点了？"她问。她的朋友突然涨红了脸，拍了拍她的胳膊，好像要把什么东西从她的胳膊上弹走。

"哈哈！"布赖恩伸出他提线木偶一般的手臂，在科迪面前晃了晃他戴手表的手腕。"有时候手表还是能派上用场的。"布赖恩说。

我们在天黑之前返回了漫游者号，这让布赖恩松了一口气。我们在船上待了一整晚。船停在港口，没有继续前行，多克舅舅说我们需要再做一些调整。

今天，阳光更明媚了！

为了给锚灯换灯泡，我第一次坐吊椅升到了桅杆的顶端。在那里，你可以看得很远很远，越过布洛克艾兰的边界，看到一望无际的海洋和天空——除了海水还是海水，除了天空还是天空。在那里，随着桅杆的晃动，你能更真切地感受到船随着海浪在起伏，感受着风吹到你的脸上、拂过你的头发，闻着大海的气息，你会感觉到无比地自由。

后来，多克舅舅维修电路的时候，我和科迪又折回岸上。我们沿着海滩走到灯塔，返回的时候经过了鸟类保护区。科迪发现了一只毛茸茸的小鸟，对它说："嘿，小鸟。嘿，你这只小毛球。"我很惊讶，动不动就喜欢活动肌肉的科迪，竟然会对小鸟这样温柔。我们离开的时候，他还朝着小鸟说："拜拜，小鸟。"

他真是个有趣的人。上一秒他还在调侃那些女孩，下一秒他又开始对着小鸟说话。

我们的旅程才刚刚开始，似乎一切都那么顺畅，轻松。我穿上清爽干净的衣服，在累倒之前睡下，但驾驶舱里大家说话的声音把我给吵醒了。不过我已经做好了驶向公海的准备。我喜欢不分白天和黑夜地一直前进，永不停息，因为时间本就是连贯的。我喜欢从海里直接抓鱼来吃。我想要成为一位航行者，一位漫游者，不停地开着船朝邦皮飞奔而去。

第八章　笨蛋和孤儿

科迪

　　昨晚，我实在是想躲开我爸爸了，所以我和苏菲还有布赖恩一起到海岛上走了走。布赖恩真的要把我逼疯了。一开始他问了无数的问题，比如他是不是穿对衣服了，他需不需要带一件夹克；后来他又开始教我们怎么划船，怎么系牢小艇，等等。他要做的下一件事恐怕是教我怎么呼吸了吧。

　　布赖恩也对苏菲的事情唠唠叨叨。苏菲说她妈妈不会高兴我把女孩子们称为"野生动物"和"宝贝儿"，布赖恩非得停下脚步，指出她妈妈并不在场。真是个榆木脑袋。接着，他还火上浇油地加了一句："再说了，你说的是你的哪个妈妈？"

　　苏菲没有生气，她捡起一块石头向水面抛去。"看那边！"她说，"你能扔那么远吗？"我不知道她是没听见布赖恩的话，还是故意置之不理。

　　我让布赖恩闭嘴，别再叽叽歪歪的了。他居然说："我想说就说，不想说就不说。"唉，真是一个笨蛋。

　　今天，我和苏菲躲开布赖恩跑到后面的岛上去了。苏菲比船上任何一个人都要好相处。她总是深呼吸，对着风、太阳和海浪微笑。她不会对别人的事情唠唠叨叨。

　　然而我差点就"唠叨"到别人家的事情了。我们发现一只小鸟独自在草丛里摇摇晃晃地走着，我说道："嘿，这小鸟是孤儿。"

　　苏菲说："它不是！"她用手把小鸟捧起来，把它放进我们之前看到的一个鸟巢里。

　　我多希望自己没有说起"孤儿"这个词。

　　苏菲今天坐着吊椅上了桅杆。多克叔叔此前一直站在那里盯着桅杆顶端的那盏灯，想着我们该怎样换掉它。

　　"要我爬到那儿去吗？"苏菲问。

"也许该布赖恩去。"他说,"布赖恩,你能坐吊椅上到那个位置,把那盏灯换下来吗?"

"不能!"布赖恩说道。他看起来脸色有些发青。那根桅杆那么高又那么细。

"科迪!你呢?"

"我也不行。"我说道。虽然我不恐高,但是我不喜欢待在高处。

苏菲说:"听我说!我最轻,个子也最小。我去最合适。我想去!"

"我只是不想让你受伤,仅此而已。"多克叔叔说。

我想,他的意思是,如果我和布赖恩受伤就没什么关系。天哪。

苏菲说:"嘿!整个旅程你都要这样优待我吗?你不打算让我做点事吗?"

多克叔叔极其不情愿地让她去了。你们应该看看苏菲那时候的样子!她笑着,还叫着"太好了"。她不一会儿就爬上去换好了灯泡,还说:"让我在上面摇一摇好吗?待在这里感觉太棒了。"

"她最好不要在上面受伤。"多克叔叔说。

昨晚，我们都需要决定好自己将在旅程中教会大家什么，这是思图叔叔的伟大想法。多克叔叔要教我们怎么读航海表，布赖恩要教我们如何确认航行方向（尽管我不知道那有什么用），思图叔叔要教我们怎么使用航海六分仪[①]，我爸爸要教大家无线电代码之类的东西，我说要教大家玩杂耍。这个想法好像惹恼了他们中的一些人，似乎我教的是什么"愚蠢"的东西。但我不在意，杂耍真的很有意思。

苏菲想教大家的东西有点奇怪，她说她想给大家讲邦皮的故事。

"你怎么知道邦皮的故事？"布赖恩问。

"因为他给我讲过。"

大家一言不发。

后来，布赖恩对我说："她胡说八道什么呀？她从来没见过邦皮！"

"别管她。"我说。

---

① 六分仪：用来测量远方两个目标之间夹角的光学仪器。

第九章　剁鱼头

苏菲

　　我们早早地离开了布洛克艾兰，开始了预计十六小时的行程。刚出发去马撒葡萄园岛的时候，每个人都站在甲板上。

　　"啊嘿！发射！"科迪对着风大喊了一声。科迪经常把航海术语和他想到的任何词语混合在一起，这让他爸爸很是恼怒。他要么错用一些航海术语，要么用得不合时宜，要么把所有词都混合到一起。"收起方向舵，举起帆，起飞！"每次科迪这样说的时候，你都可以看到摩舅舅在那儿气得咬牙切齿。布赖恩和思图舅舅似乎也觉得科迪的这种行为非常无聊，但是多克舅舅好像并不

怎么在意。我喜欢他这一点。他让我觉得没有必要非得
去矫正所有的问题。

"绞起桅杆！吊起帆杆！"科迪大声喊着。

"别喊了，"布赖恩说，"你最好在我们性命攸关的时
候，发出正确的指令。不过那时候你可能就不知道要说
什么了，或是说了也没人听你的，因为你总是胡说八道。"

"哦，布赖恩，放轻松，"科迪说，"收起你的帆。"

今天一整天都是顺风顺水的，鱼也一直跟着我们。
我们一连捕了七条青鱼，有两条逃走了。我在思图舅舅
和布赖恩的监督下把捕来的前两条鱼杀了（杀了！），我
剁掉鱼头（剁头！），清除了鱼的内脏（开膛破肚！）。他
们本以为我会吓成一团或者搞得乱七八糟。

"先敲一棒子，"思图舅舅指导我，"对准两眼中间。"

"用绞盘把手敲。"布赖恩说。

"敲那个乡下女人①！"科迪说。

---

① 绞盘（winch）和乡下女人（wench）发音相近，所以这里科
迪说"敲那个乡下女人"。

"不是乡下女人，你这个笨蛋，"布赖恩说，"是绞盘。而且她不是去敲绞盘，而是用绞盘把手去敲鱼。"

"放轻松，伙计，放轻松！"科迪说道。

我拿着绞盘把手对准那条可怜无助的、毫无抵抗力的鱼敲了下去。

"杀鱼秘诀，"布赖恩说，"贵在神速。"

敲打那条可怜的鱼实在是让我心神不宁。我不断告诉自己，我一直在吃鱼吃肉，从来没犹豫过。

"你觉得它死了吗？"我问道。

"没有，"布赖恩说，"剁掉它的头。"

"处决它！"科迪也喊着，"把头砍掉！"

鱼头剁到一半，我在心里不断安慰自己：没事的，苏菲，没事的，它不会有感觉。但就在我开始剁另一半的时候，那条鱼整个翻腾起来，不断挣扎。

"继续。"思图舅舅说。

"是的，快点儿！"布赖恩加了一句。

我发现杀鱼最艰难的部分不是敲它一棒，不是放血，不是清理内脏，也不是割开鱼的喉咙，而是砍断鱼的脊柱骨。这一部分让我的心脏一直怦怦直跳。当我的手指扶住鱼脊——那道有力的线——把鱼头转到左边或者右边时，我突然在砍断鱼脊的那两三秒之间感到一种前所未有的释放。我释放的是压力、紧张、力气，还是单纯的生命力，我不得而知，但是问题是那股力量被释放去了哪里？

　　今天非常顺利，不到八个小时我们就到了马撒葡萄园岛的港口，不到预计时间的一半。

　　"我们是航行者！"发现陆地的时候，我喊了起来。

　　"到陆地啦！停下，停住，别动啦！"科迪喊道。

　　我们停在这里的主要目的是去拜访多克舅舅的朋友乔伊。乔伊过去五年一直在修一艘旧木船，那艘船是他在一片沼泽地里找到的。乔伊的船非常完美，里外都是柚木，设计时尚。

　　我不停地用手摩挲着那光滑美丽的木头，直到多克舅舅说："这艘船确实很美，但漫游者号依然是我的最爱。"我想他多少有些嫉妒，因为他看到我对乔伊的船是那样爱不释手。

　　"多克舅舅，我也觉得漫游者号很美，"我说，"如果一定要我选择一艘船跨越海洋，我会选择漫游者号。"

"没错，"多克舅舅说，"我也是。"

乔伊邀请我们去他家里吃饭。待在屋子里可真奇怪，因为这间屋子太浪费空间了，可以塞的东西也太多了！船上也可以放很多东西，但所有的东西都紧凑小巧。船上的每件物品都是必需品，船上没有任何空间放多余的东西。

饭后，我和科迪坐在码头上，布赖恩走出来说："出问题了。"

"什么意思？"科迪问。

布赖恩用脚踢了踢码头，说："多克叔叔和乔伊在厨房里聊天，我正好走进去打水，他们见到我马上就打住了话头，你们觉得他们是在说关于我的什么事吗？"

"不要庸人自扰。"科迪说。

"那么，他们在聊些什么呢？有什么惊天秘密？"

"我怎么知道？"科迪说。

"有时候，人们需要有自己的秘密。"我说。

"就你知道。"布赖恩说。

布赖恩像啄木鸟啄木头一样，笃笃地走开了。我很高兴我回到了船上，我走到船尾把睡袋放到甲板上，拿着我的日记本坐了下来。

思图舅舅把他的睡袋放到了码头上。

"怎么了？"科迪问他，"你晕船了吗？"

"我从不晕船，"思图舅舅大喊，"我只是想睡在码头上。"

"是的，好吧。"科迪说。

我马上就要停笔了，我会在繁星下听着港口里绳索和桅杆叮叮咚咚的碰撞声进入梦乡。船就像一个摇篮，摇着我进入梦乡，我喜欢这种感觉！

第十章　啊嘿

科迪

啊嘿！我终于开始航海了。我们正在极速前进！天哪！终于不需要和爸爸一起值班了，真是太酷了。除了布赖恩就没有人能来打扰我了，但是比起我爸爸，布赖恩可以忽略掉。

苏菲抓鱼可真是好玩。我从来没见过哪个人会对做如此简单的事情感到这么快乐。她杀第一条鱼的时候，我以为她会呕吐。她不停地说："它还活着！它很痛！它很痛！"当我爸爸把鱼煮好以后，苏菲还在说她不饿。

爸爸不停地唠叨我，想劝说我放弃教大家玩杂耍。

他说："你还能想到其他能教我们的事情吗？"

我说："想不到了。"

第十一章 玩杂耍

苏菲

今天，漫游者号上的修理工作还真不少。我负责修好船舷，糊上玻璃纤维布，并用树脂做涂层，堵住所有的小裂缝。

多克舅舅说："船舷的修理工作，你完成得非常好。"我本希望他能在其他人面前表扬我一下，但他却说："我想我们最好继续航行，在这里关于船的议论太多了。"

"什么议论？"我问。

"你知道的，就像我的船比你的船好，以及我的船比你的船大，诸如此类的关于船的议论。"

他对漫游者号的情况有点过于敏感了。不过在看到港口那些造型优美的游艇后，我才真的注意到我们的船看起来有多奇怪！别人的船都在闪闪发光！甲板上，穿着得体又讲究的人都在忙着擦拭船上的每一个物件，你几乎看不到任何一个胡乱摆放的物件。

相比之下，漫游者号船体上满是填缝材料留下的斑驳污渍，甲板上还有一个不知谁不小心留下的白色脚印。船上所有的绳子都被我们挂上了需要晾晒的衣服，甲板上堆满了锅碗瓢盆——我和科迪刚把它们搬到甲板上准备清洗。我们几个穿着平日穿的脏兮兮的短裤和T恤衫，头上包着头巾。

"出发了。"多克舅舅嘟囔着。

"啊嘿！"科迪说，"起锚！"

摩舅舅懒洋洋地站在甲板上。"科迪，"他说，"别闹了。"

"卸锚！"科迪喊着。

"去帮布赖恩看看航海图，"摩舅舅说，"好歹让自己有点用。"

科迪从船舷一侧跳到水里。"有人落水啦！咕噜，咕噜，咕噜。"

科迪的举动真是让人觉得好笑，但有时我也很好奇，不知他的脑袋里有没有脑子，他有没有思考过任何严肃的事情。我现在真的有点担心了，我要跟他在这艘小岛般的船上一起待三周呢！

今天，布赖恩要教我们关于航行方向的知识。其实我们大多数人都了解这些知识，即使我们不了解，我们也不会跟布赖恩学，因为他一开口就用异常复杂的方式来解释风和船帆以及风和航向之间的关系。

"所以当风从前面吹来，"布赖恩正在讲授，"这就叫作顶风——"

"顶风？你的意思是这样吗？"科迪夸张地捶了捶自己的胸口[①]。

布赖恩没有理睬他，继续说："如果风是从旁边吹来的，这就叫作横风——"

"横风？像这样？"科迪伸出手，模仿大螃蟹横着

———————

① 文中布赖恩称"顶风"为"beating"，beating 有"打，击"的意思，所以这里科迪捶了捶自己的胸口。

走路①。

"科迪，别闹了。如果风来自船尾——"

"什么是船尾？"科迪追问。

"你连船尾都不知道吗？"布赖恩大声问道，"船尾就是后面，船的后面。如果你不严肃些——"布赖恩警告他。

"我不知道为什么我们非要学习这些术语。即使我们不知道如何区分顶风和横风，那又怎样呢？只要知道怎么做就行了，对吧？不知道名字又有什么关系呢？"

布赖恩说："你真的知道怎么做吗？你知道风从哪边吹来吗？如果风从我们后面吹来，你知道要怎么调整船帆吗？"

"我为什么要知道这些？"科迪说，"这里的每个人似乎都懂这些，每个人都在发号施令，那我只要按照命令把事情做好就行了。比如，我扯帆扯得和其他人一样好。"

---

① 文中布赖恩称"横风"为"reaching"，reaching 有"伸出手（臂）"的意思，所以这里科迪伸出了手。

"嗬!"布赖恩很不屑。

随后,我们跟着科迪第一次学习了如何玩杂耍。我认为他是一位很出色的老师,因为他知道如何深入浅出、循序渐进。他先教我们在空中抛一件东西。我们用成袋的椒盐饼来练习。

"真是愚蠢极了。"布赖恩说。

连在值班的摩舅舅都转过头来小声抱怨:"玩杂耍啊,天哪。"

接着,科迪教我们如何抛两袋椒盐饼,一只手拿一袋开始向上抛。这也很简单。但是,加上第三袋椒盐饼的时候,我们都慌慌张张、手忙脚乱的。一袋袋椒盐饼"哗哗"地掉到地板上。

"诀窍在于手要灵活,"科迪说,"需要有节奏感。"

"这真是太愚蠢了。"布赖恩说。

"这可以锻炼你的协调能力。"科迪说。

"我的协调能力没毛病!"

后来我们越练越糟糕,只好暂停了杂耍课。

布赖恩和多克舅舅忙着看航海图,还想要把收音机播报的天气预报记录下来。

明天我们就要前往新斯科舍，这一段航程直线行驶都需要三至四天，途中看不见任何陆地。看不见陆地！我不敢想象。我不敢想象那是什么样的情景——除了海什么也看不到，除了海水还是海水。

"这将会是我们第一次真正意义上的航海，没错。"多克舅舅说。

思图舅舅用手指敲击着桌子，说："天气预报听起来可不妙。"

"哦，一点天气问题算什么呀？"摩舅舅说道。

第十二章　废话连篇

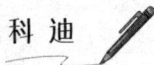　科迪

愚蠢的一天。

愚蠢的布赖恩讲了一大堆关于航行方向的废话，好像他无事不知、无事不晓一样。

可以确定的是，他不知道怎么玩杂耍。

今天早上，布赖恩对我说："你更喜欢苏菲一些，对不对？"

我回答："没错。"

对啊，这是事实。

明天，苏菲要给我们讲邦皮的第一个故事呢。哇！这应该很有意思。

第十三章 试航

苏菲

　　我已经不太确定今天是什么日子了，这几天的倒班、值班扰乱了我对时间的感知。

　　最开始的几天，我们是两两一组值班的（跟我搭档的是多克舅舅），一轮班值四个小时，接下来休息八个小时，然后再值一轮四个小时的班。四个小时真难熬啊，尤其是晚上，你得耳听四路、眼观八方，身上的每一块肌肉都变得异常紧张。其他人都睡着了，但你不能，你们在这里值班就是要保证所有人的安全。

　　航海的时候，你分不清白天黑夜，也不知道什么时候是新的一天，只有光线的明暗在不断融合、变化。时间就像源源不断的流水在你身边流动着，围绕着你。奇怪的是这里没有昨天，也没有前天，那么什么是明天？什么是上周？什么是去年？如果所有的过去——昨天、去年，甚至十年前——都不存在了，我们所拥有的就只是当下，没有穷尽的此时此刻。

这种感觉真是神奇，就好像如果我说"我现在四岁"，我就能重新回到四岁。但我不可能回到四岁。真的不可能，对吗？

我们的船从缅因湾穿过，朝着芬迪湾的大马南岛前进，大马南岛就在新斯科舍省的西边。多克舅舅说海风就是个"善变的女人"，一阵阵的，也没个准儿。昨天（我还是得用到像昨天这样的词，不然我不知道要怎么去形容之前发生的事情），我们遇到了一阵大雾，多克舅舅还即兴背诵了一首有关雾的诗，诗里说，雾气会缭绕在小猫爪上。他刚说完，我们就看到了他所说的景象：成百上千个像小猫爪一样的雾团踮着脚朝我们走来。慢慢地，雾气渐深渐浓，小雾团变成大雾团，我想那应该是大老虎的爪子正大踏步朝我们走来吧，那爪子轻柔柔、毛茸茸的，优雅又美丽。

在雾天值班，让我感到悲伤和孤独。目所能及的地方全是灰蒙蒙的，我突然不想离开北美海岸，不想穿越海洋，不想离开陆地了。不过我并没有悲伤多久，北风来了，我们需要忙着顶风转向，还有侧转船身。海浪很大，有六到八英尺那么高，至少我认为这浪很大，但是思图舅舅把它们称作"小浪花宝宝"。

"苏菲，你害怕了吗?"思图舅舅问。他好像有点希望我感到害怕，所以我回答："没有，我没有害怕。一丁点都没有。"其实我真的很害怕，但是我不想让他知道。

甲板下面一团混乱。今天轮到我和科迪做午餐，我们的食物撒得到处都是。

"看住锅子! 抓住那个鬼东西!"科迪大喊道。锅子里滚烫的菜被撒出来不少。

"科迪，你能认真点吗?"我问。

他把一块蚌壳扔进汤里。"哦，兄弟，"他说，"迟早所有人都会问我这个问题。"

我猜这是个敏感话题。

漫游者号第一次试航时的问题不少：后舱漏水，机油箱进了水。我们费了很大劲在船舱底部爬来爬去，把所有漏水的地方都给补好了。如果你知道你在一两个小时之内就可以到达陆地，或者你可以看到来来往往的船只，知道随时可以招手获得帮助，那么，看到有地方漏水，你不会那么担忧。但是一旦我们从新斯科舍出发，在什么都看不到的茫茫无边的大海上，万一船上出现了一个大口子，海水涌入，我们该怎么办呢？

与其想这些可怕的事，不如想想那些好的预兆：海豚已经光顾我们三次了！它们总是三五成群地游到船边，在我们快速前进的时候，随着我们的船一路奋勇前行，就好像在跟我们比赛一样。它们有时在船头嬉戏雀跃，有时又一个猛子扎到水里，离船舷只有几英寸①的距离。

海豚是我见过的最优雅的动物，它们轻松地在水中游弋，好像不费一点力气，接着弓起身穿过水面，把背鳍露出来。

---

① 英寸：英美制中的长度单位。1 英寸 = 2.54 厘米。

科迪叫它们"亲爱的"："来，亲爱的海豚！来这边！"

当海豚游走的时候，我总是会有些忧伤。科迪则朝它们大喊："再见，亲爱的海豚！拜——拜——！"

由于大雾，我们调整了之前的值班安排，从两个人一组变成三个人一组（现在科迪跟我们一组了）。现在，我正裹着我的冲锋衣，看着太阳在前方升起，月亮在船尾落下。我累极了，身上黏糊糊的，实在需要洗个澡，但即使这样，我还是觉得自己像在天堂一样。

每天我都能学到很多知识，而且学得越多，我越意识到自己需要了解的航海、水域、导航和天气方面的知识还有很多。

今天思图舅舅教我们如何读取航海六分仪。这比我想象中要难。思图舅舅和布赖恩不断地批评我和科迪，意思是如果我们学不会就是没有做好自己在船上的工作，因为这关系到大家的生命安全。

"你们最好不要把大家的生命安全寄托在我和苏菲身上。"科迪开玩笑说。

思图舅舅生气了："不是每件事都能开玩笑，科迪。在茫茫大海之中，如果真发生什么事情，你肯定希望船上的每个人都有能力救你的命。你也应该有这样的能力来救我们。"

"好，好，好，我听见了。"科迪说着，走下甲板。

这一回，似乎连多克舅舅都对科迪感到恼火。"我真的希望那小子能认真对待一些事情。"他说。

昨晚（也许是下午？早上？或者前天？），我做了一个梦，梦到我们在海里漂着，食物吃光了，所有人都瘫在甲板上，没有丝毫的力气去做任何事情。船在大海里随着波浪起伏摇晃，这时，一只海鸥飞过来落在桅杆上，布赖恩说："抓住它！抓住它！"

现在大约是下午两点，太阳光穿过云隙照了过来，我们离大马南岛还有大概三十六英里①的距离，有望在天黑之前到达那里。现在又轮到我值班了，我又要忙碌起来了。

---

① 英里：英美制中的长度单位。1 英里＝1.6093 千米。

第十四章 邦皮和车

科 迪

今天，我听到布赖恩问思图叔叔，苏菲的亲生父母到底怎么了。

思图叔叔回答："不知道。"

"你怎么会不知道？"布赖恩追问。

思图叔叔耸了耸肩，说："从来没有人跟我说起过这些。"

所以我又跑去问我爸爸，苏菲的亲生父母到底怎么了，他回答道："总有一天我会告诉你的。"

"现在就告诉我。"

"不行，还不是时候。"

今天我因为不懂艰深晦涩的航海术语被人大吼了一通，因为开太多玩笑又被人大吼了一通，可能我呼吸都会被人吼。

今天，苏菲讲了邦皮的第一个故事，故事大概是这样的：

邦皮年轻的时候住在一个农场里，因为家境贫寒，他们买不起小轿车也买不起卡车。有一天，家里卖了两头骡子买了辆车。但问题是，没有人会开车。邦皮坐过车，他认为开车不是件多难的事情，就自告奋勇去镇上取车，把它开回家。

那天的雨一直下个不停。你也应该来听听苏菲讲故事。她讲的故事简直能让人身临其境。她在描述下雨的时候，你好像真能够感觉到雨水落在头上。你能摸到雨水，还能闻到雨水的气息。苏菲可真了不起。

不管怎么说，邦皮出发去取车了。雨还是下个不停。他开车往回走，来到小河旁。小河上没有桥也没有其他的过河工具，平常大家走路或者骑着骡子到了河边，通常会蹚着水过去。

因此，邦皮想也没想就把车开进了小河里。但是河水湍急，像一堵墙那样向他扑来。邦皮喊了一声："嘿，加速！"但是车子并没有加速，反而被水墙冲翻了。邦皮只好爬出车子，眼睁睁地看着新车被河流冲走了。

邦皮终于回到家，吃了一顿他爸爸的鞭子，还有他妈妈做的苹果派。

"为什么他妈妈给了他一个苹果派呢？"布赖恩问苏菲。

"因为她很感激邦皮活着回来了。"苏菲回答。

"你是怎么知道这个故事的？"布赖恩问。

"别插嘴，布赖恩。"多克叔叔说。

但是苏菲回答道："因为邦皮给我讲过，所以我知道。"

不用猜你也知道布赖恩还想说点什么，好在他没说出来。没人再插嘴。

我坐在那儿，想象着邦皮从车里爬出来，还有他妈妈给了他一个苹果派的画面。

今天，苏菲和多克叔叔都能抛三袋椒盐饼了，而且他们一口气抛了好几分钟！他们非常兴奋，我也感觉很开心。我成为一名老师了！

第三篇　岛

我会把其中的一座小房子修整一下，
和我的狗住在里面。
也许那些曾经住在这儿的居民会一个个回来，
回到他们的老房子里，
在这里重新开始生活。

第十五章 大马南岛

苏菲

太阳下山的时候我们到达了大马南岛的锡尔科夫——也许是昨天？——当时，天空呈现出一道道玫瑰红和薰衣草紫的颜色。真是美若天堂呀！

多克舅舅好像到哪儿都有认识的人。我们驶入锡尔科夫的时候，多克舅舅通过无线电联系了一个岸上的人，对方是多克舅舅的一个朋友，名叫弗兰克。当我们到达港湾外围的时候，弗兰克已经在那里等着引导我们把船开进港口了。港口位于堡垒一般的防波堤内，里面密密麻麻地停着渔船，就像大城市的停车场一样，漫游者号是唯一一艘穿行其间的帆船。弗兰克让我们上了他的面包车，带着我们去往几个街区外的他的家。我们见到了他的家人，他还带着我们在小岛上四处闲逛。不过也许是在海上待得太久，我们就像一群晕头转向的小丑，腿已经不听使唤了。

在这里，我真的爱上了鱼以及捕鱼，而且完全不由自主。岛上居民所从事的职业多少都跟捕鱼相关：要么捕龙虾、鳕鱼或者鲱鱼，要么在工厂加工沙丁鱼罐头和鲱鱼罐头。鱼，鱼，到处都是鱼！

今天，我们跟着弗兰克上了他的船，和他一起去钓龙虾。他的船就是他的堡垒，他买完船壳后亲手安装了船上的所有东西。我总是特别崇拜那些能自己动手制作什么的人，他们总能让旧物换新颜。

布赖恩不喜欢这类事情。他说："苏菲，不要大惊小怪，这只是一艘小船。"

只是一艘小船?! 你可以花几个月的时间在这些船的周围探险。你看看那一桶一桶的诱饵、一个个装满龙虾的容器、虾钳上绑着的绳圈儿，还有软管、渔网以及那些沾满海藻和鱼黏液的物品。也许某一天我也会成为一个捕龙虾的渔夫，谁知道呢？

科迪说："苏菲，你怎么会知道这些？"

"你不知道吗？"我说，"你没有想象过你的生活将会是什么样子的吗？比如，成为一个渔夫？你可以每天闻到大海的味道——"

"还可以闻到鱼的味道，"他说，"你也许会觉得鱼腥味很恶心。"

"或者你可以把它想象成你闻过的最好闻的味道。你也许会喜欢整天待在这里，感受空气，处理鱼，还有——"

"好了，苏菲，"他说，"你想喜欢什么就喜欢什么。"

我们拖上来的一些捕虾笼是空的，诱饵只剩下一具完整的白色鲱鱼骨头。

"诱饵去哪儿了？"我问。

"被海跳蚤吃了。"弗兰克说，"它们无处不在，非常小，小到几乎看不见。它们喜欢我们的诱饵。如果你掉进水里，到了第二天还没被捞起来，这些海跳蚤可以把你的肉啃得干干净净，而你的骨头则会沉到海底。"

科迪一把抓住我，把我吊在船的边缘，说："想试一试吗？"

"科迪，这不好笑。"我说。我才不想让海跳蚤把我啃食干净，只剩下骨头。

我们抓到一只带子（弗兰克把它叫作鱼卵）的母龙虾——数百万橘黄色的颗粒聚集在龙虾的尾巴下面，一直延伸到龙虾头。

"放掉这只亲爱的小龙虾吧，"弗兰克说着，把它扔进了水里，"让生命得以延续。"

我突然有种奇怪的想法：龙虾被抛进水里，它的生命就被拯救了，但假如是我被扔进水里，我就没命了。

昨晚我打电话回家，妈妈问了我几百万个问题："你感觉如何？晕船吗？冷吗？安全吗？害怕吗？孤单吗？"终于，爸爸抢过电话，说："很棒的冒险！这样的远航真不错！"

和他们通话之前，我感觉还不错。但妈妈的话让我感到不安，她总觉得会有什么糟糕的事情发生。我不断地告诉她，我一切安好，不要担心。但是，要说再见的时候，我又说不出口，那样听起来有种要完蛋的感觉，所以我说："暂时说再见吧。"我一直强调"暂时"，直到她又重复了一遍，我才感觉好多了。

妈妈还说她给邦皮打了电话，告诉他我们在路上了，不过"他好像有点糊涂了"。

"什么意思？"我问。

"邦皮刚开始好像没有听出我是谁，一直叫我玛格丽特。"

"玛格丽特？谁是玛格丽特？"

"你外婆，我妈妈，他的妻子。我很担心，但是后来他打起精神，说他一切都好，只是在开玩笑，他很高兴你们去拜访他。"

"那么，"我说，"一切都很好，对吧？"

"是的，很好。"妈妈同意。

第十六章　搁浅

科迪

　　我们停泊的时间已经远远超过了航行的时间，但多克叔叔似乎并不太想启程。肯定有什么原因让他不想走，也许这艘船出了大毛病，只有多克叔叔知道。

　　今天，我向多克叔叔打听苏菲的父母到底出了什么事。

　　"没有啊，"他说，"他们回到肯塔基了——"

　　"不是，"我说，"我是说她的亲生父母。"

　　"啊！"他有点惊讶。

　　"你知道他们出什么事了吗?"

"是的。"他回答。

"你能告诉我吗?"我问。

"不能。"他回答。

"为什么?"

"因为这是个不太愉快的故事。"他回答。

第十七章 传统

苏菲

昨天，弗兰克的妻子夸我来着，"你真勇敢，居然敢航海""你敢和这些男人一起出海，真是有勇气"。她还很好奇，这些男人有没有给我安排什么具体的工作。

"航海的确是件很难的事，"我回答道，"他们本来也不想——"

"我想你应该就是做做饭、打扫打扫卫生吧。"

"不！"我说，"那是科迪的工作！"

其实这不全是科迪的工作。我们本该轮流做饭和打扫卫生的，但是布赖恩经常开溜，而且科迪确实比我们任何人都喜欢这项工作。弗兰克和他妻子来漫游者号参观的时候，正好看到科迪在洗盘子、擦地板，弗兰克打趣地说："你会成为一个好妻子的。"他还不停地称呼科迪为"妈妈先生"。

科迪似乎不太在意。他还不停拿这件事开玩笑。"妈妈先生现在为您服务！"他一边说，一边给他们拿了一些奶酪和薄脆饼干。过一会儿他又说："小心——妈妈先生需要拖一拖您脚下的地板！"

我真希望自己也能够像科迪一样，在这样的场合还能保持天生的幽默感。每当人们误认为我只会下厨做饭的时候，每当人们惊讶于我居然能使用电动工具、敢爬桅杆，还会糊玻璃纤维布的时候，我总会感到焦躁和不耐烦，像个炸药桶一样一触就爆。我应该像科迪那样。如果你能对一件事一笑了之，人们很快就会忘记它。

昨天，我们挖完蛤蜊之后，弗兰克对我说："这么多蛤蜊可有你忙的啦！"

我急忙辩解："不，不是我！你知道的，我可不是船上唯一做饭的人。"

"哦。"他说。

我想，我那样反驳他肯定让他难受了。我也感到难过，因为他对我们那么友好，有时候我真该学着闭上嘴巴。

我现在要说说挖蛤蜊的事了。希望你们不要觉得我写的这件事太无聊，但是我真的想把它写下来，牢牢地记在心里。人总是会忘记一些事情，甚至忘记生活中那些值得回忆的细节。如果正好有人希望知道你当时的所思所想，你可能不记得了，或者因为一些意外无法告诉他们，人们也就永远无法知道了。时间就像小小的海跳蚤，会慢慢地把你的生活蚕食一空。

我曾经问过妈妈，邦皮是怎么记住他所有的事情的，妈妈说："他在头脑中构建了一幅图画。"

"如果这幅图画被擦掉了怎么办？"我问。

"这怎么可能呢？"她回答。

退潮的时候，我们和弗兰克七十九岁的父亲一起去挖蛤蜊。我们先在沙滩上寻找冒泡的地方，然后再开挖。藏有蛤蜊的洞口往往会被大量的海藻盖住，还不停地往外冒泡，一开始我们根本看不见洞里有什么。而且沙子下面基本都是石头，蛤蜊又藏得很深，所以挖掘起来并不容易。

挖蛤蜊这件事很奇妙，看到那些冒出的泡泡，你可以肯定沙子下面有活物。但我感觉很奇怪，就好像我挖到的不是蛤蜊，而是一个人。

二十分钟过后，布赖恩和思图舅舅失去了兴致。他们抱怨自己的牛仔裤子上沾满了泥巴，而且老这么弯着腰实在是难受。"费这么大力气，就为了挖一只小得可怜的蛤蜊？"思图舅舅问。

弗兰克的父亲一边挖着蛤蜊，一边跟我们闲聊："我是在这个岛上出生的，我的父母也是。我这一辈子都住在岛上，我有十二个兄弟姐妹，他们也住在这个岛上，我们所有的孩子也是。我几乎天天都来挖蛤蜊，我还喜欢在花园里闲逛，一有机会我还会去猎鹿。生活真美好。太美好了。"

我可以想象他描述的美好生活：一个温暖的大家庭，家里的每个人都相互了解，相互照顾。

我感觉自己怎么都不会厌倦在大马南岛的日子。在了解大马南岛之余，我对三个舅舅也有了更多的了解。这就像你本来只是闲散地挖着蛤蜊或收着捕虾笼，却惊讶地发现自己居然收获满满。

我发现摩舅舅、多克舅舅还有思图舅舅在很小的时候就梦想过要一起跨海航行，他们一起商量、计划这件事，梦想能实现它。

"你们有想过自己真的会完成这件事吗？"我问。

"没有。"摩舅舅说。

"你在说什么？"思图舅舅说，"你当然想过。我们所有人都相信我们总有一天会做到。"

"我没有。"摩舅舅说。

"但是你说过，你一直在说，是你让我们给船起名字，还有，是你给我们看地图册，还有——"

"那只是个游戏，"摩舅舅说，"不是吗？"

"游戏？一个游戏？"思图舅舅气急败坏地说。

"我想过，"多克舅舅轻声说，"我也知道我们总有一天会做到！"

我问他们儿时的航海计划是否包含我妈妈。"她也想过跟你们一起去吗？"

"谁？"思图舅舅问，"克莱尔？你是说克莱尔吗？"

"当然，她说的就是克莱尔，"多克舅舅说，"她想知道克莱尔小时候是不是也跟她一样。"

"哦，"思图舅舅说，"不，克莱尔才不想和我们一起玩呢。她觉得我们既傲慢又讨厌。"

"那是你吧，"多克舅舅说，"克莱尔和我的关系还不错。"

我还发现摩舅舅的全名是摩西。但是他小的时候经常挨揍。"想一想，"他说，"你会想被叫为摩西吗？"因此，他取了全名的一个音——摩，让自己听起来"更加强壮"。从那以后，他就只用这个称呼了。

而多克舅舅的真名居然是约拿！

"那你怎么会把名字从约拿改为多克呢？"我问他。

"还很小的时候，"他回答道，"我就喜欢船，但有一天一个老水手告诉我，对于水手来说，约拿不是一个好的名字。因为传说中有个叫约拿的人在海上给同伴们带来了厄运。你知道这个故事，对吧？约拿让上天愤怒，掀起了惊涛骇浪——"

"然后约拿就被鲸鱼吞掉了。"布赖恩补充道。

"没错，没错。所以那位老水手说约拿这个名字不适合我，然后他开始叫我多克，因为我整天都在码头^①上转转悠悠。"

布赖恩凑过来对我说："这并没有改变他是约拿的事实，你觉得他会给我们带来厄运吗？"

"布赖恩，"我说，"有时候，你最好把想法留在脑袋里。"

不过，我还真开始担心我们之间会有人触怒老天爷，给我们来个"惊涛骇浪"。这件事真的让我心神不宁、难以承受，所以我只好转而思考人的名字。是不是每个人的名字都要体现他们的特点呢？不同的名字如何预示着不同的性格呢？例如，布赖恩就是布赖恩这个名字所代表的那样；科迪就是科迪这个名字所代表的那样。我很想知道，我是不是就像苏菲这个名字所代表的那样呢？苏菲究竟该是什么样的性格呢？

接着我想到邦皮，我知道邦皮也只是外公的小名，但我突然意识到我根本不知道他真正的名字是什么，我现在就要去问问其他人。

---

① 码头的英文就是"dock"，和多克（Dock）的拼写一样。

第十八章　邦皮与火车

科迪

今天，我正抱怨我们在大马南岛滞留太久了，苏菲说："邦皮曾经告诉我，目的地并不是那么重要，重要的是怎么到达目的地。"

"好吧，意思是我们哪儿都不去了，是不是？"我问。

"当然不是！"她回答，"我们在这座妙趣横生的岛上捕龙虾，挖蛤蜊，这是旅程的一部分！我们是漫游者！"

我真搞不懂她，她总能对一些微不足道的事情充满兴趣。例如，她看到一个捕虾笼就要立马凑过去，不但要问出成百上千个为什么，还非要把笼子拎出水来摸一摸，闻一闻。那样子让你不由得感觉这人是不是在笼子里被关了一辈子刚刚出来，怎么看到什么东西都觉着很有趣。

说实话，我从来没觉得龙虾和捕虾笼有什么神奇的，直到看到苏菲那兴奋的样子，她不停地说她要如何成为一位捕虾的渔夫，要如何建造捕虾船。你在那儿听她说着，会忍不住想，那样的生活也许真的挺美好的。

但是布赖恩又来打岔，他说如果是冬天，这儿的日子可不好过，万一什么也没捕捞到怎么办？万一建好的船沉了怎么办？

听着他们两个的话，我的脑袋都快被搅晕了。

我只好开始思考点别的事情。我想苏菲害怕水。但这只是我的感觉。

布赖恩还在不停地烦扰苏菲。我们在挖蛤蜊的时候，苏菲说她与邦皮一起挖过蛤蜊，但他们用的是脚指头，而不是耙子。布赖恩说："你撒谎。你从来没有和邦皮挖过蛤蜊。"

"我有。"苏菲说。

"你没有。"布赖恩说。

"我有。"苏菲又说。

我们昨晚用上了电话。这太奇怪了。爸爸给妈妈打了个电话，他在把电话传给我之前又对妈妈吼了几句。接过电话，我听到妈妈用轻柔的声音对我说："科迪？是亲爱的科迪吗？你可以改变主意的，如果你想，你可以回来。"

"我为什么会想回去？"我反问道。唉，其实我的本意并非如此，但妈妈肯定觉得我这话很刻薄，因为她开始抽泣。"妈妈，你听我说，"我赶紧安慰她，"我一切都好，我们都很好。爸爸经常睡觉，最近也没有怎么来唠叨我。"

尽管事实并非如此，但她知道真相的话，估计不会开心吧。我一直很好奇，我爸爸为什么一开始就要我参与这次行程。他本可以不带上我，这样他就有一个多月的时间见不到我，也不会把我俩的关系搞得更糟！

我们现在滞留在大马南岛的唯一好处就是：布赖恩

终于中止了他那废话连篇的课程。

不过，苏菲在我们外出挖蛤蜊的时候又讲了一个有关邦皮的故事，这个故事是这样的：

当邦皮跟我一般大小的时候，他住在俄亥俄河附近。那儿的河水很深，水面有一英里宽。河上横跨着一架铁路桥，只许火车通行。桥周围到处都贴着警告牌，警告人们不要上桥，否则一旦有火车开来，没人能逃离轨道。

有一天，邦皮想要过河，他特别想去河的另一边。那天的天气很糟糕，风雨交加，他又不想步行到两英里远的那座人行桥，于是他踏上了铁路桥想抄近道。

你真应该听听苏菲讲这个故事，你会感觉身临其境，在那儿与邦皮一起望着河水，一起感受风吹在脸上，雨水顺着脖子后面流进衣服里的感觉。

邦皮在铁路桥上走啊，走啊，当他走到铁路桥中间的位置时，你猜，他听见了什么声音？就在苏菲说他走上铁路桥的瞬间，我就猜到了他会听见什么声音。他听到了火车的声音。据苏菲的形容，火车从远处轰隆隆一路奔来，你能够感受到轨道的震动，甚至可以看见邦皮回头的样子。你知道，火车随时可能会出现在转弯处。

邦皮正处于铁路桥的中央，他开始向对面跑去。他不停地告诉自己："加油，加油！"但是铁轨旁边的石头太滑了，他很难保持平衡，所以根本跑不快。轰隆隆的声音越来越大，他甚至能感受到火车带来的震动。火车来了，巨大的黑色车头冲到转弯处，向桥上开了过来。

邦皮知道他已经来不及跑到桥对面了，他只好爬上桥护栏，从钢架中间挤过去，整个人悬挂在桥外边。棕色的河水在邦皮身下，从高高的桥上向下望，河水打着旋儿，裹挟着泥沙向下游流去。

那列火车从他的头顶呼啸而过，一股强大的气流冲向他，他松开手，坠落、坠落，坠入湍急的河水中。

这时，苏菲停了下来，看着我们几个。

"后来呢？"我们都问，"后来怎么样了？"

"哦，他与河水艰难地搏斗了一番，"苏菲说，"邦皮头朝下扎进了深不可测、泥沙滚滚、打着旋儿的河水中。他以为自己要命绝于此了。"

"后来呢？"我们问道，"后来他怎么样了？"

然后，苏菲告诉我们邦皮是怎样奋力浮到水面的。

再次看到天空的时候他可开心了，他躺在水面上漂浮着，喜极而泣。水流将他向下游冲去，他仰面漂浮着，漂到终于看到火车开过去了。于是他翻过身体，疯狂地游起来，他游啊、游啊、游啊，奋力游到了岸边。

然后他回到了家。看到他的衣服沾满了泥水，他爸爸给了他一顿鞭子，而他妈妈给了他一些苹果派。

苏菲讲完这个故事的时候，布赖恩说："我记得你说邦皮是在英格兰长大的。"

"我没这么说过，"苏菲说，"我说的是他在英格兰出生。他在很小的时候就离开了英格兰。我猜，五岁的时候。"

"噢！"布赖恩说。

"难道你们就不知道一点自己的外公的事情吗？"苏菲说。

第十九章 伍德群岛

苏菲

我完全搞不清楚日期了。

天哪！邦皮的名字是尤利西斯！虽然家里的每个人都叫他邦皮，但是很显然，他的一些朋友会叫他的真名。真是难以想象，他的真名是尤利西斯?!

我们还在大马南岛。有时候我很期待，期待再次出发，期待见到邦皮（尤利西斯!），但其他时间，我已经被这座岛和岛上的生活给催眠了，忘记了时间在流逝，还忘记了我曾经所住的地方以及要去往的地方。

昨天，科迪和我遇到了一位高高瘦瘦的女士和她的德国牧羊犬。她还带我们参观了她的小木屋，小木屋隐没在一片小树林中，面积不大，只有一间房，既没通水也没通电。

"这是我自己建的。"她说。

"你是说所有这一切吗？"我问，"你自己挖的地基？你用锤子钉上的这些木板？你是怎么做到的？还有屋顶呢？窗户呢？"

"淡定点，"她说，"你的问题像连珠炮一样。"

我真希望自己能像这位女士一样，也能和我的狗一起住在这样一间小木屋里。白天，我就去捕龙虾和挖蛤蜊。

"你在这里不会感到寂寞吗？"我问。

"寂寞？啊！寂寞？一点也不，我有我的狗陪着。我想看人的时候，可以走到港口那儿；当我真想安静的时候，就会到伍德群岛那儿。"

她告诉我们，从锡尔科夫坐小艇去伍德群岛大约需要二十分钟。"岛上仅有的几座房子都已经荒废了，"她说，"现在只有两三个隐居的人住在那里，还有一些鬼魂。"

"鬼魂？"科迪问，"你是说真的鬼魂吗？"他似乎被
鬼魂的事吸引了。

"嗯——"她问，"什么样的算是真的鬼魂呢？"

她说，其中的一个是位老人，他穿着黑色雨衣，戴
着黑色帽子，四处游走；还有一位女士，她带着她的宝
宝四处飘浮，唱着令人毛骨悚然的歌曲。

"他们为什么会在那里？"我问。

"什么意思？"她问。

"我是说，为什么那些鬼魂会待在那里，而不是——
比如说这儿？"

"亲爱的，你确实有太多的问题了！"她说。但是
你会发现她在思考，因为她点了点她的头，一会儿把头
偏向这边，一会儿又把头偏向那边。最后，她回答道：
"这些鬼魂应该是回到了他们曾经居住过的地方，也许
他们忘了些什么东西在那里。"

我喜欢这个说法：鬼魂回来是因为要找他们所落下
的东西。

今天，科迪和我坐着小艇去寻找鬼魂和隐居的人。

海面弥漫着像浓烟一样厚重的大雾，尽管我们的小艇离开防波堤才四百英尺远，我们就已经看不清陆地了。我们带了几件应急物品：一个指南针、一个手电筒、三罐汽水，还有半袋糖果。我们在去伍德群岛的路上就喝光了汽水，在离伍德群岛还有五分钟航程的时候，我们把糖果吃了。

伍德群岛上没有大路，只有一些小道连着一间间荒废的房屋。然而我们发现了一座被打扫得干干净净的教堂，里面摆放着新鲜的野花，小阁楼上的蜡烛也是新点燃的。

"也许是鬼魂来这里打扫了。"科迪说。

我跪下来，为邦皮，为爸爸妈妈，为船上的家人以及我们的旅程祈祷。

科迪问我："你祈祷了什么？"我把我祈祷的内容告诉了他，他也跪下来闭上了眼睛。我想他也祈祷了几句。

在一座废弃的房子里，科迪发现了一串粗糙的、破旧的珠子项链。

"给你。"科迪说。他殷勤地把那串有点松散、打着结的项链递给我，说："也许你能重新穿一下。"

当他把珠子放到我的手里的时候，我感到珠子上还带着温度，就好像屋子里还有其他人一样，也许是那些鬼魂。不知道他们之前遭遇了什么，难道这串项链就是他们生命仅存的痕迹吗？

我们继续走着，希望能够找到一个鬼魂或者一位隐居的人，但是我们只遇见了两个在教堂那条路对面建房子的男人。其中一个男人对我们喊："这种天气你们的衣服恐怕很难干，对不对？"

"啊？"科迪问，"你在说什么？"

"我说你们的船，"他说，"在港口后面的那艘船——你们所有的衣服都挂在救生索上。雾太浓了，衣服很难干，对吧？"

"你怎么知道那是我们的船和我们的衣服？"科迪问。

他们大笑道："这座岛上又没几个陌生人。"

科迪觉得他们有点多管闲事，但我很高兴他们注意到了我们。我们并不是那么不起眼。

我们朝岛中心走去，一路都是厚厚的苔藓、腐烂的落叶、茂盛的树木。我们的脚踩在软软的落叶上，就像是在雪地里行走一样，时不时会陷到落叶下面的泥坑里面。

周遭是如此安静祥和。天空很开阔，没有电线、电话线，更没有五彩斑斓的街灯。我们能听到的只有鸟叫声，听不到汽车或是除草机发出的轰鸣声。我开始想象自己住在这座岛上的情景：我会把其中的一座小房子修整一下，和我的狗住在里面。也许那些曾经住在这儿的居民会一个个回来，回到他们的老房子里，在这里重新开始生活。

就在太阳落下去之前，我们离开了伍德群岛。雾更浓了，小艇前方二十英尺的地方我们都看不清了。我不知道我们怎么才能找到回去的方向。突然，一阵恐惧包围了我，就好像这些雾气让我透不过气。

"深呼吸！"科迪说，"别担心，我带着指南针！指南针指挥官为您服务！"他和我换了个位置。"你划船，我来导航，"他说，"稍稍向左一些——不，不是那个方向，是你的右边，我的左边。好了，往前划，保持这个速度。你偏航了。好的，往右一点点。"

除了雾，我什么也看不见。雾气笼罩了整片大海，这种感觉就像你被锁在一个由雾气和水汽所组成的小球中间。

"保持，没问题，我们的方向没错，"科迪说，"前进！"

我拼命地划啊划啊，速度越来越快，害怕我们被雾气吞没。我们在大雾中继续穿行、穿行……终于，科迪大喊一声："啊嘿！堡垒！"

我们终于安全地到达了防波堤的入口。科迪到底还是能做些事的。

我们抵达码头的时候，摩舅舅、布赖恩、思图舅舅和一位渔夫正在渔船上，打算出发去找我们。

"你们这两个笨蛋到底去哪儿了？"摩舅舅质问道。

"去了伍德群岛，就是我们之前说要去的那个地方。"科迪说。

"这位先生说他今天就在伍德群岛，但是连你们的影子都没见着，是这样的吧？"

那位渔夫点了点头："是的，没错。我整天都在岛上，但是没看到你们。"

"我们在岛上，"科迪说，"我们在探险。"

显然，那位渔夫告诉了摩舅舅在大马南岛和伍德群岛之间会有流速达到四节 [1] 的洋流，他还拿出航海图，向摩舅舅描述我们很可能会受到洋流影响，然后从大马南岛一路漂到芬迪湾，不但饥寒交迫，还很可能会被巨轮撞翻。

"我们没有，"科迪说，"我们没有迷失方向，我们没有遇到洋流，没有饥寒交迫，也没有被巨轮撞翻。"

"但是你们有可能遭遇这些。"摩舅舅说。

"但是我们没有。"科迪说。

不过，我坐在那儿想了想，如果不小心的话真的很容易出问题，万一我们漂到芬迪湾该怎么办，万一，万一，万一……

我还在想，为什么我们事先没有担心这些呢？也许是因为我不了解什么是流速达到四节的洋流，也不清楚可能会发生那么多糟糕的事情。我在想，如果我们事

---

[1] 节：国际通用的航海速度单位，也可计量水流和水中武器航行的速度。符号 kn。1 节 = 1 海里 / 时。

先知道这些，就会一直担惊受怕；但如果我们什么都不知道的话，我们就可以开开心心地玩。到底哪样才更好呢？

　　这些想法在我的脑海里翻来覆去，让我烦恼。我再也不要去想这些事了。

第二十章 小孩

科迪

苏菲喜欢探险，所以我们到处逛了逛，甚至还找机会把布赖恩甩掉，划船去了伍德群岛。我们找到一间废弃的房子，苏菲看见房子里所有的小物件，都要拿起来看看，好像每一件垃圾都是一件珍宝或者是一条线索。"你觉得这座房子的主人是谁？"她问，"你觉得他们为什么要离开？"

她还摸了摸屋子的墙壁，说："如果有需要，我可以住在这里。"

后来我们一路探险来到岛中央，我几乎能感觉到那些鬼魂一直在我们附近游走。那个带宝宝的女鬼魂仿佛一直跟着我们进入了树林。我不断地问苏菲有没有看到鬼魂，但是她说没有。

她说："我不相信有鬼魂。我认为他们都是你想出来的。"

我们沿着长满青苔的小路一路往前。我鼓起勇气问苏菲："苏菲，我能问一问关于你父母的事情吗？"

"可以。"她说。

"他们究竟怎么了？"

她没有停下来，也没有犹豫，甚至没有被触动，她想都没想地说："没怎么，他们回肯塔基了。"就好像她和多克叔叔一起彩排过一样。

"不是他们，"我说，"我是说你其他——"

"我的父母回肯塔基了。"她说，"你想和我比赛吗？看谁先跑到那块石头那里。"说完，她跑了起来。

她怎么了？

当我们跑到石头的另一边，她给我讲起她认识的一个小孩的故事。她说，这个小孩在很多地方居住过。

"多少个地方？"我问。

"很多，很多，很多，有些地方不是那么友好。"

"这个小孩的父母在哪儿呢?"

"在别的地方。所以这个小孩需要和其他人住在一起。但是那些人并不是真的很想要这个小孩,因为这个小孩一直在打扰他们的生活。你想跟我比赛跑到那儿吗?那棵歪脖子树那儿?"

我们回来以后,爸爸大发脾气,说我们很不负责任,说我们有可能会被卷入洋流,等等。他没有为我的勇敢表扬我,我真的生气了,但是苏菲拉了拉我的胳膊,悄声说:"至少他担心你。"

"他还真有一套有趣的方法来表示他的担心呢,"我说,"那就是大吼大叫。"

布赖恩问了我无数个问题。他想知道我们去了哪里,怎么去的,见到了什么,为什么我们没有告诉他,我们有没有害怕回不来,还有如果我们迷路了该怎么办,等等。他问了上千个类似的问题。

我本来有点后悔没有邀请他一起了,但是接着,他说他要去列一个清单,记录每个人每天要做的事情,这样一来,就有人知道每个人的行踪。

"为什么我们要知道这个?"我问他。

"因为！"他说，"因为我们应该知道每个人在哪里，你认为呢？以防有人走丢或者受伤什么的。如果有谁没有回来，那至少有人知道他们失踪的地点，有人知道他们可能在的地方，有人——"

"你真是杞人忧天。"我说。

"但是他说得有道理。"苏菲说。她转头对布赖恩说："布赖恩，这是个好主意。"

布赖恩不好意思地涨红了脸，像朵鲜艳的花儿一样。他摇摇晃晃地走了，看起来好像对自己非常满意。

"天哪，苏菲，"我问道，"你居然认为那个榆木脑袋想出了个好办法？"

"如果他想知道大家的行踪，他一定要很关心大家。这证明我们对他而言应该很重要。"接着，她回过头，走到栏杆边，看向大海。我第一次感到了从未有过的难过。

第二十一章 洗礼

苏菲

大海，大海，大海。大海不断翻滚着，它呼唤着我——来吧，来吧。

多克舅舅预测明天或者后天就是重新启程的日子。"还有一些东西需要修理。"他说。我感觉有点左右为难，就像有什么东西在两边拉扯我。我其实可以永远都待在大马南岛上，但是大海在呼唤我。

今天早上，科迪、布赖恩和我去了一个造船厂，那里的老板允许我们四处看看。那个老板大多数时间都在处理玻璃纤维，并且是纯手工操作，甚至连凝胶涂层都是自己动手处理的。他还为自己造了几艘小艇，小艇的做工非常精良。我在修船舯的时候对玻璃纤维有了一些了解，但我只知其然却不知其所以然。

"看看人家干的活儿，"布赖恩感到有必要指出来，"一点气泡都看不见。"

"是啊，他做这个的时间可比我长。"我说。

船厂老板教了我一些修补技巧，例如怎样用滚筒把树脂和胶衣涂上去，怎样使用塑料膜包住细小的地方，让下面的涂层保持光滑。

"你在修船舯的时候就应该这么干。"布赖恩说。

"我那时候还不知道这个方法，不是吗？"我说。

布赖恩又开始烦人了。

"你不喜欢我，是不是？"布赖恩问。

他的话让我感觉很不舒服，但我回答："我从没这么说过。"

"你不喜欢我也没关系。没人喜欢我。"他站在那儿，像个耷拉着的提线木偶，手和脚不协调地垂在身旁。

科迪听到了我和布莱恩全部的对话，但是他就那么听着，没有说一句话。

"我不懂为什么大家都不喜欢我。"布赖恩继续说。

我真希望他不要问我原因。这时，科迪突然开口了。

"嗯——"科迪说，"可能是因为你做了那么多的清单，而且你总是教导别人怎么做事，表现得你好像是个万事通，什么问题你都知道答案。"

布赖恩把胳膊紧紧地抱在胸前。"我没有和你说话，"他说，"我才不在意你怎么想。"然后，他转身离开了造船厂，一摇一摆地，迈着笨重的步伐离开了。

"是他自己要问的。"科迪说。

当天晚些时候，多克舅舅让我们都去参加弗兰克孙子的洗礼仪式。布赖恩尽可能地离我和科迪远远的。我根本不想去，我对洗礼不感兴趣，我也从来没参加过，所以洗礼结束的时候，我惊讶得连眼珠子都要掉出来了。

每个人都穿着像毕业服一样的袍子，跟着牧师走进水里，直到水没到腰的位置。牧师让他们浸到水里，把背弯下，直到整个身子全部浸到冰冷的水里。这看上去就好像是牧师把他们按到水里的。如果他们不能呼吸怎么办？如果他把他们按压在水里的时间太久怎么办？

　　不一会儿，所有人都浸在水里，周围的人开始唱起《奇异恩典》①。听到这首歌，我浑身都僵住了。我曾经在哪儿听过这首歌？是在葬礼上吗？我的喉咙突然像被一只大袜子或是其他什么东西堵住了。一切变得模糊不清，我只听见多克舅舅喊着："苏菲？苏菲？你最好坐下来，把头靠在这里——"

　　在去弗兰克家吃洗礼宴的路上，布赖恩又开始唠叨了。他告诉我们，牧师之所以把受洗者按进水里，是要用水洗去他们的罪过，让他们可以重新开始，成为全新的、干净的人。我不断地思考着这个问题，脑海里仿佛看见一个脏兮兮的人浸泡在水里，然后"哗啦"一下，他从水里出来，变成了一个干净整洁的人，像天使一样。这样的情景在我的脑海里一遍又一遍地重复，我又开始感到晕乎乎的。

———————————

①《奇异恩典》，原文为"Amazing Grace"，也有人译作《天赐恩宠》。

"来这边，"多克舅舅说，"吃点这个，也许你今天没有吃饱。"他帮我盛了一些海鲜浓汤、炸海贝、龙虾沙拉三明治、土豆沙拉、芝士蛋糕，还有胡萝卜蛋糕和香蕉面包。我尽力吃了，然后全都吐了出来。

"也许你得了流感。"多克舅舅说着，把我带回了船上。

我睡了一会儿。当布赖恩和科迪进来的时候，我醒了过来。

布赖恩说："希望这不是我们最后的晚餐。"

"闭嘴！"科迪喊道，"你这个扫兴鬼。你干吗总是想着最糟糕的情况？你想干什么？想毁掉我们的旅程吗？"

"如果船上的船员都清清楚楚地知道他们在做什么，我会感觉踏实一些。"布赖恩讥讽道。

"但是，你也是船员的一部分，你这个笨蛋。"

"我才不是笨蛋，你才是！"

我们这个航海家庭变得敏感、紧张。我们都准备好了要启程，同时也开始考虑起行船过程中可能会遇到的各种问题。想太多不是好事情，出发就是了！

第二十二章　邦皮和牧师

科迪

我要疯掉了！我们还滞留在大马南岛上，漫游者号上还有很多的东西需要修理。这艘船到底还能不能继续航行？

昨天，我正好碰到多克叔叔和他的朋友弗兰克蹲在海边聊天，多克叔叔一见到我就对弗兰克说："嘘，别说了。"他边说边在空中摆了摆手，就好像在驱赶苍蝇。"科迪，有事吗？"不知道他们俩在说什么，但显然他们都不想让我知道。

另外，还有一件奇怪的事情：当我晚上返回船上，走到船舱里，我发现我爸爸正躺在床上哭，满脸泪水。

他居然在哭！

"出什么事了？"我问他。

他都没有擦干眼泪，只是说："没，没什么事。一切如常。"他就说了这些。

我这辈子还从来没见过我爸爸哭。大约我八岁那年，有一次我从自行车上摔了下来，我哭着跑回家。他说："别哭了！这有什么好哭的！"但我还是哭个不停，于是他发起火来："别哭了！收住！停下！"他抽出皮带，冲我挥舞着。"你想哭，是吧？我让你哭个够——"

妈妈悄悄地从后面走了进来。她看到皮带，想把皮带抢走，但是我爸爸很强壮，他用力把皮带抽回，打了我妈妈一下，正好打在她露在外面的手臂上。然后，他把皮带扔在地上，摔门而出。

从那以后，我再也没有在他面前哭过。

今天，苏菲讲了邦皮受洗的故事，故事是这样的：

邦皮已经是少年了，但是他还没有受过洗礼。他妈妈认为他是真的、真的、真的需要受洗了，所以她和当地的牧师约好去俄亥俄河为邦皮做洗礼。

邦皮和那位牧师相处得不是很愉快，因为邦皮那时候正在和牧师的女儿约会，很多次夜深了才送牧师的女儿回家。牧师要把他按进河里受洗，邦皮并没有想象中那么兴奋。

这一天终于到了，邦皮和他的家人一起到了俄亥俄河边，牧师朝着邦皮露出一个虚伪的笑容。洗礼的时刻到了，牧师一把抓住邦皮，把他按进了浑浊的打着旋儿的河水里，并用力将他按住，一直这么按着，按了好久好久。邦皮实在憋不住气了，所以他开始踢那位牧师，情急之下还张口咬了牧师那只捂着他嘴的手。

牧师大叫一声，邦皮终于从水里出来了。

"然后呢？"布赖恩问，"邦皮的爸爸做了什么？"

苏菲说："为什么这么问？他给了邦皮一顿鞭子，因为邦皮咬了牧师的手。"

"那他妈妈呢？"我问，"她有给他一些苹果派吗？"

"为什么这么问？我想，她给了。"苏菲说。

我爸爸今天又哭了。

"发生什么事了？"我问他。

"没,"他说,"没什么。一切都和平常一样。"

　　我突然想起昨天苏菲讲邦皮的故事时发生的一些事情。当她讲完邦皮受洗的故事,布赖恩问他爸爸:"爸爸,你之前从来没有听过这个故事吧?"

　　"没有,"思图叔叔说,"确实没听过。"

　　布赖恩看起来有点得意,就像刚刚吃完一块甜瓜一样。多克叔叔说:"我也没有——"

　　"所以!"布赖恩说。

　　多克叔叔突然打断了他的话,说:"但是那个关于火车和河的故事,我突然想起来了。没错。我想我之前可能听过那个故事。"

　　我想,布赖恩这回要被那块甜瓜给噎得说不出话了。

　　思图叔叔说:"我没有听过。这些故事我都没有听过——"

　　"也许你忘了。"多克叔叔说。

　　"我从不忘事!"

　　"也许邦皮从来没告诉过你。"多克叔叔说。

　　"为什么他告诉你而不告诉我?"思图叔叔的脸憋得

通红。"摩?"他问道,"你之前听过这个故事吗?"

"没有。"我爸爸回答。

"听见他说的话了吗?"思图叔叔问道。

"但是,"我爸爸说,"我听过那个把车开到水里的故事,那个故事听起来很耳熟。"

"从来没有人给我讲过任何一个故事!"思图叔叔说道。

他们之间的争论没完没了,苏菲坐在那儿抛起了椒盐饼。

第四篇　上路

我们扬着帆，越过海洋，
驶向英格兰绵延不断的群山。

第二十三章　呼呼！

苏 菲

大海，大海，大海！

昨天下午，科迪跑到码头上来，说："多克叔叔说现在是行动时刻。收拾好你的东西。我们要走啦。"

"你是说现在吗？"我问，"此时此刻？"

"没错！"他咧着大嘴巴笑着，"苏菲，是现在！"

我跑来跑去忙着收拾我的东西，没时间思考发生了什么，也没时间考虑我的感受。就在现在，我们要出发了！啊，我们出发了！

最开始的几小时大家都极度慌乱，每个人都在检查自己的东西，吵着要更多的空间。思图舅舅和布赖恩给大家安排了任务和值班表，他们千方百计地想让我觉得自己在拖后腿，但是我没接招，我保持冷静，尽可能地不给他们拖后腿。

正要离开芬迪湾的时候，我们听到"扑通"一声，接着又是"扑通"一声，跟着是连续的"扑通、扑通、扑通"！几十只海豹围着我们的船，从水里露出它们可爱的脸蛋，东张西望。

"嘿，你看那儿。亲爱的——"科迪喊道。顺着科迪的手，我们看到一群海豹正朝我们翘胡子，连布赖恩好像都被它们吸引了。这是头一回他没有大摆架子发表评论。他坐在甲板上，双手撑着下巴，静静地看着那些海豹。

摩舅舅正坐在船尾的甲板上画那些海豹。我喜欢他的画。他告诉我，那些远处的海豹要比近处的画得小一些。我也想把它们画出来，但是我画画的水平没有摩舅舅那么高。

"你是画家吗？"我问他。

"你说我？"他说，"当然不是。"

"但我觉得你就是一名画家，"我说，"你画得可真好。"

"没有，"他说，"画画可不是什么热门职业，而且我也不精通这个。"

我问他做什么工作，靠什么谋生。他皱了皱眉头，说："我就是个统计数字的，整天坐在电脑前面，和数字打交道。"

"但是，你有想过成为画家吗？"我问道，"在你统计数字之前？"

"当然。"他说。

"那你为什么没有？"

"什么'为什么没有'？"摩舅舅一边问着，一边画着海豹的胡须。

"成为画家。为什么你没有成为一名画家，而是去统计数字了？"

他用手指把画上的水的线条抹开，让它变得更柔和、更模糊，更像水的感觉。我以为他没有听到我说了什么，但是他最后还是开口说道："我不知道。为什么人们一定要成为什么呢？"

"难道不是因为他们想吗？"我问，"你难道不想成为你想成为的样子吗？"

他半张着嘴看着我，好像想说什么，但是又没说出来。他闭上嘴，又试着张了张口，说道："苏菲，不总是这样的。很多事情并不是这样的。"

"但是，为什么不呢？为什么一个人不去做他擅长的事情以及他想做的事情呢？"

现在，摩舅舅正在描画海豹周围的涟漪。"苏菲，有时候，人们需要的仅仅是一份工作，有时候他能够找到的那份工作并不是他最想做的。"

"好吧，我希望我不会这样，"我说，"我希望我不会找一份自己并不喜欢的工作。这有点浪费时间。"

"啊，"摩舅舅说着，收起他的画，"年轻真好。"

航行的第一个晚上没有月亮，四周一片漆黑，阴森恐怖，天空和大海就像在我们四周撑开的一张巨大的黑色毯子。我看见水里有什么东西在闪闪发光，然后闪光越来越多，最后在船的旁边形成了一条光带，就好像有人迷失在海底，发出了求救信号。

"是闪着磷光的浮游生物！"多克舅舅说，"太美了！"

小小的光亮在船的周围闪了一整夜，就像萤火虫漂浮在水面一样。这些光亮既神奇又神秘，它们好像在朝我们发送加密信息，我非常想解读它们的信息，但是我读不懂。有人对我大吼大叫了，因为我过分专注于那些亮闪闪的生物，忘了照看船帆。

晚些时候，刚进入公海不久，我们突然听到巨大的喷水声。是鲸鱼！周围太黑了，我完全看不见它们，其中一条喷水的鲸鱼距离我们太近了，吓得我差点往桅杆上爬。从声音就可以判断，它一定是个庞然大物。

有时候想着发生的这一切，我不禁打起寒战。我们在跨越海洋！我们现在已经不能下船，不能四处走动了！我们见不到陌生人，吃不到新鲜的食物，没有时间独处，看不见陆地，没有新鲜淡水，没有树木。除了在船上工作，我们没有任何活动。所以在没有办法独处的情况下，我们怎么才能好好地相处呢？

我担心自己无法和摩舅舅待在一起，因为他总是很大声，他和科迪好像随时都要打架一样；还有思图舅舅和布赖恩，他们总是颐指气使的，对所有事情都要指指点点一番，让我很自卑。多克舅舅是最冷静的，我和他相处最舒服。但是有时候他好像也毫无计划，总在担忧未来的事情，以至于我真的不知道他能否带着我们继续航行。他会不会中途发现航船漏水或者有其他什么破损，然后要求我们返航？

但是所有的这些担忧都被这股巨大的、汹涌的、强烈的感觉抵消了，就好像大海在呼唤，风在呼啸，它们都在推着我们继续向前航行。呼呼！你感觉船就是你应该待的地方，你不知道这艘船接下来会把你带往何处，也许你根本不能思考，因为大风在呼啸，呼呼！因为箭在弦上不得不发，呼呼！

轰！雷声响起！天气预报说会有冰雹和强风。哇！一定会有什么事情发生！

第二十四章　橘子和比萨

科迪

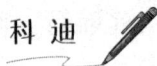

不、可、置、信！我们真的上路了！

现在正下着雨，但是管它呢！风正推着我们的帆船前行！我站在甲板上，让风扑打在我的脸上。我抬起头看着船帆，这是我所见过的最美的风景。这感觉如此自由！

今天我看到爸爸在抛橘子！当他发现我在看他的时候，所有橘子都掉了下来，然后他嘟哝了一句："玩杂耍太蠢了。"

我坐在这里，突然想到离开大马南岛前的一个晚上，爸爸和我再一次打电话给妈妈道别。她的声音听起来非常愉快，也许她已经习惯自己一个人住，没有人烦扰她的生活了。

爸爸结束通话的方式很奇怪，他没有像平时一样乱吼，而是不停地说"我知道""我会的"和"没事的"这样的句子。最后，他就像被什么东西噎住一样，对妈妈说了一句爱她（这是我爸吗？）。

天哪！

他挂了电话，问我："想要吃比萨吗？"

第二十五章　被解雇

苏菲

大海！

我们现在又开始两两一组值班了，这次又轮到我和多克舅舅一组，这太好了。但是有一点，他不喜欢在雨天掌舵，可是我们出发以来就没有哪天不下雨。他想使用自动舵，但比起使用自动舵，我宁愿一直自己手动掌舵。因为我觉得手动掌舵能够更好地控制我们前进的方向。

风力正好且稳定。到目前为止，一切顺利。如果雨能停下来那就更好了，但是当我感到寒冷和难受的时候，我想起邦皮曾经说过的话："苦难塑造性格。"他

说，如果你闲散惯了，骄纵惯了，生活得太轻松，你就
会变得柔弱不堪；但如果你经历过各种苦难，并且学会
直面挑战，你会变得更加坚强。这听起来就像是外公会
说的话，是不是？

　　今天早上，我正在前舱穿衣服，我听见多克舅舅和
思图舅舅在小厨房里聊天。思图舅舅说话的方式不像往
常一样专横，他的声音沙哑，说话断断续续的。

　　"我不知道为什么——我不懂——这出乎我的意
料——我很擅长那份工作——"

　　"你会找到其他工作的。"多克舅舅说。

　　"如果找不到怎么办？"思图舅舅说，"我就不应该
来这里。我应该找份工作——"

　　"这是你最好的选择。"多克舅舅说，"相信我。"

　　我很震惊。思图舅舅被解雇了？反正听起来好像是
这么回事。当我走出船舱，思图舅舅转过身去，把脸藏
了起来。

　　"嘿，苏菲，"多克舅舅说，"布赖恩在找你。"

　　"有什么事吗？是厕所需要打扫了吗？"我问。

我其实只是在开玩笑，但是我感到抱歉，也许我不该在思图舅舅面前这样说布赖恩，因为思图舅舅刚刚还在为被解雇而感到悲伤。

第二十六章　代码

科迪

　　这是件怪事。我爸爸上了第一节无线电代码课。我以为上课会超级无聊，我以为他会是一位暴躁的老师，但是你会发现他真的喜欢无线电代码，代码也确实很有趣，就像密码一样。"万事通"布赖恩先生和他全知全能的爸爸终于有不懂的东西了，所以我们都在学习。我不但要先学会，而且要学得更好。"万事通"先生，等着瞧吧!

　　无线电代码真是太有意思了。字母表中的每个字母都对应着一个词，就像这样:

　　A 是 Alpha（阿尔法）

B 是 Bravo（暴徒）

C 是 Charlie（查理）

D 是 Delta（德尔塔）

E 是 Echo（回声）

以此类推。

比如，你想说"爸爸（dad）"这个词，又不想被别人听到，只想确保听你说话的那个人能够准确地解读你传达出的信息，你就可以说"德尔塔 - 阿尔法 - 德尔塔"。是不是很有意思？

第二十七章 保险

苏菲

大海，大海，大海！大海不断翻滚着，涌动着，它呼唤着我。每一天，大海的颜色都会随着时间的变化而变化，先是蓝色，然后是黑色，再是灰色，随着光影的变幻，深浅不一。我爱大海，我爱大海！

漫游者号一直保持着合适的速度行驶着，我们要横跨大海啦！值班的时间里，我们忙着调整船帆的方向，保证行进顺畅；不值班的时候，我们就打扫卫生，做饭，还有收拾东西（这都是为了让布赖恩和思图舅舅开心）。

昨晚，我们通过无线电与另外一艘船联系上了。那艘船只有一个人在驾驶，驾驶员正好遇到了一些电力问题，需要知道自己的位置。除此之外，他没有提出其他的请求。但是，我整夜都在想，他一个人驾驶着那艘船，他会开心吗？他会害怕吗？

当值班结束的时候，思图舅舅又试图通过无线电联系那艘船。

"你不睡觉吗？"我问思图舅舅。

"睡觉，但我想弄明白这是怎么做到的，仅此而已。"

他没有骗我，他也在担心那位水手。

我说："如果你觉得我太多事的话，可以不回答，但是我真的很好奇，你是做什么的？你的工作是什么？你什么时候工作？"

他没有抬头，直接回答："我的工作是卖保险。"

"你说的是寿险、车险之类的吗？"

"是的，"他回答，"保险这东西就是多多益善。"

"我一直弄不懂寿险是做什么用的，"我说，"你付钱来保什么？保自己不死掉吗？难道付一笔钱就能确保自己不死掉？如果你终究难逃一死，那么，这份保险又有什么用处呢？"

思图舅舅挠了挠他的前额。我的问题可能让他很头疼。"这有点复杂，"他说，"寿险只是让活着的人受益。"

"那你喜欢吗？"我问。

"喜欢什么？"

"卖保险。"

"不是很喜欢。而且，我已经被解雇了。"

"这也许是件好事，"我说，"现在你可以做你真正想做的事情了。"

"嗯。"他说。

"那会是什么呢？"我问，"你真正想做的事情是什么呢？"

"苏菲，你知道吗？"思图舅舅说，"我自己也不清楚。一点也不清楚。很遗憾，对吧？"

"没错。"我说。是的，这是事实。我真的为此感到很遗憾。

海浪逐渐变得凶猛，前舱晃来晃去，就像过山车一样。我睡在前舱里，梦到自己似乎还在妈妈肚子里没有出生。她好像正在跑马拉松，一摇一摆的，让我昏昏欲睡。我多想在不值班的时候一直这么蜷在自己窄窄的床上，但如果我这么做，我一定会陷入麻烦，布赖恩或者思图舅舅肯定会把我推醒，安排我干活儿。

科迪在学业余无线电。多克舅舅说，我爸爸正在尝试搭建一条单边带无线电，这让我很惊讶。他说，如果我爸爸把单边带无线电搭起来了，我们就可以通过业余无线电联系。

一方面我觉得这是个好想法，这样我就可以和爸爸通话了，但是另一方面我有些失落，这好像是在作弊，好像我在搬救兵一样。

我想到了邦皮，我在脑海里和他对话。"邦皮，我们来啦！我们扬着帆，越过海洋，驶向英格兰绵延不断的群山。我们来啦！"

第二十八章 查理－奥斯卡－德尔塔－美国佬

科迪

哈哈！我们一直在前行，没有绕道！大雾像幽灵般笼罩着大海，让一切看起来就像一部恐怖电影，不知什么时候就会有巨大的鬼怪从深海里冒出来把你一口吞掉。

我们学到了更多的无线电代码。整个代码表如下：

A 是 Alpha（阿尔法）

B 是 Bravo（暴徒）

C 是 Charlie（查理）

D 是 Delta（德尔塔）

E 是 Echo（回声）

F 是 Foxtrot（狐步舞）

G 是 Golf（高尔夫）

H 是 Hotel（旅馆）

I 是 India（印度）

J 是 Juliet（朱丽叶）

K 是 Kilo（公里）

L 是 Lima（利马）

M 是 Mike（麦克风）

N 是 November（十一月）

O 是 Oscar（奥斯卡）

P 是 Papa（爸爸）

Q 是 Quebec（魁北克）

R 是 Romeo（罗密欧）

S 是 Sierra（西拉）

T 是 Tango（探戈）

U 是 Uniform（制服）

V 是 Victor（胜利者）

W 是 Whiskey（威士忌）

X 是 X-ray（X 射线）

Y 是 Yankee（美国佬）

Z 是 Zulu（祖鲁人）

所以，我的名字科迪（Cody）用无线电代码表示出来就是：查理-奥斯卡-德尔塔-美国佬。是不是很厉害？

我爸的名字摩（Mo）用代码表示出来就是：麦克风-奥斯卡。

苏菲（Sophie）的名字变成了：西拉-奥斯卡-爸爸-旅馆-印度-回声。

然后，我们就用"查理-奥斯卡""麦克风-奥斯卡"还有"西拉-奥斯卡"来互相称呼啦。

"你有看到麦克风-奥斯卡吗?"

"我想他在甲板上，和西拉-奥斯卡在一起。"

就像这样。

布赖恩（Brian）的名字就变成了：暴徒-罗密欧-印度-阿尔法-十一月，所以我们叫他"暴徒-罗密欧"。

"哦，罗密欧！暴徒-罗密欧！"他居然笑了。布赖恩居然笑了。

　　我从"西拉 - 奥斯卡 - 爸爸 - 旅馆 - 印度 - 回声"那里学会了一种系特别好看的双套结的方法。
　　我刚刚用我的鞋带练习了一下，我坐在船舱里，把鞋带绑在了一根柱子上。这时，我听到思图叔叔朝我大吼道："你在搞什么？鞋子都没脱就把鞋带系到柱子上，万一你急着站起来该怎么办？"
　　"我会把鞋子踢掉。"我说。

第二十九章 光点

苏菲

　　我们正航行在一片深蓝色的大海上，摇啊摇地驶向英格兰。海浪不断翻滚着，好像大海有了生命。它有呼吸，有自己的脾气，而且是变幻莫测的脾气！它时而安静平和，就像睡着了一般；时而调皮好动，翻滚着，泼洒着浪花；时而愤怒狂暴，把我们拍打得晕头转向。大海似乎也有多重性格，就像我一样。

　　昨天我们又开始了检修工作，因为主帆上的两个索环坏了。思图舅舅和布赖恩忙得跑来跑去，想找出是谁把这个索环给弄坏了。显然是有人（思图舅舅说是科迪干的；科迪说是布赖恩）在扬帆的时候忘记把帆索也放出去了，所以船帆的一侧受力太大，猛的一下，那两个索环就崩开了。

索环，滑块，帆索，我已经知道这些词的意思了，但是科迪还是记不住，或者就算他能，他也会拒绝使用正确的词语。他把索环称为"那些圈圈"，把滑块称为"那些金属片"，把帆索称为"那些线"。昨天，科迪和思图舅舅还为此吵了一架，因为科迪告诉思图舅舅，"那些圈圈"坏了，从"那些金属片"上脱落了下来。

"你究竟在讲些什么？"思图舅舅对科迪大喊道，"你一开口说话就像个笨蛋。如果你学不会航海的专业术语，你就不该待在这儿。"

"即使我不知道那些词汇，我也知道自己在做什么。"

"名不正则言不顺。万事万物都有自己的名字。"思图舅舅坚持他的观点。他用手指戳了戳科迪的肩膀，说："如果遇到紧急情况，你打算这么说吗？救命！那个圈圈松了?!"

"别戳我。"科迪说。

他们的争吵吵醒了正在甲板下面睡觉的摩舅舅。"你竟然说我儿子是笨蛋？"摩舅舅气呼呼地说。

思图舅舅转身对摩舅舅说："我只是说他有时候说话像笨蛋。"

"所以你确实说他是笨蛋了？你是觉得你那懦弱无用的儿子比我儿子聪明吗？你是这个意思吗？"摩舅舅开始用手指戳着思图舅舅。

思图舅舅把摩舅舅推开，说："布赖恩的小脚趾都比科迪这个笨蛋聪明！"

我本以为他们要吵起来，但是多克舅舅来劝架了。

"都别闹了，"多克舅舅说，"大家都是成年人了，还像个被宠坏的孩子一样无理取闹，船上可不欢迎被宠坏的孩子。"

"你说我是被宠坏的孩子？"摩舅舅大叫起来。

"没错。"多克舅舅说。

摩舅舅深深吸了一口气，再慢慢吐出，他转身面向科迪，问道："为什么每次都是你挑事？"

"我？"科迪问道。

"是的，就是你，"摩舅舅说，"现在，快给我到甲板下面做午餐去！"

科迪摇摇头，走下甲板，摩舅舅也跟着他一起下去了。我听见他们互相吼了一阵，然后就安静了。没过多久，他们就为我们端上了午餐。大家围坐着，都一声不吭地吃着自己的午餐，避免眼神接触，想忘记争吵这件事。

今天早上，我看到了太阳。这是我们离开大马南岛以后第一次看到太阳，这肯定是为了欢迎我们。太阳，太阳，太阳！灿烂的太阳！每个人都想在甲板上对太阳表示崇敬之心。太阳的万丈光芒包裹着我们，将我们每个人的脸庞和每一处骨头都照得暖暖的。太阳晒干了衣服，在海面上洒下万千光芒。

在太阳的照耀下，修理工作变得简单多了。我们把主帆取下来，把裂开的索环擦干，再用带黏性的胶带缠住船帆的侧面，遮住破洞。由于胶带的黏性不够，我又把船帆的边缘都缝了一遍，以确保安全。

布赖恩忍不住说："还好有个女孩在船上，她可以缝补东西。"

呃……缝补船帆可比普通的缝补难多了！帆布又厚又硬，要用特殊的针和顶针才可以把针穿过去。

　　在我缝好船帆以后，科迪和我在帆布上打了新孔，安了新的铜索环。科迪将细绳穿过索环孔，系到滑块上，我们的工作就完成了。

　　即使被思图舅舅批评了，科迪依然我行我素。"看啊，西拉－奥斯卡，我们修好了那些圈圈，现在我们可以轻而易举地把它们系到那些金属片上了。"在思图舅舅爆发之前，科迪朝着思图舅舅笑了笑，接着说道，"还有，西拉－奥斯卡，如果你想用那些花哨的术语，你可以把那些圈圈说成'索环'，把那些金属片说成'滑块'。"

　　在我们升起船帆之前，科迪突然发现桅杆上面的帆索（"那些线，但是如果你想用花哨的词汇，你可以说'帆索'。"他说）有点磨损。所以我坐上吊椅，系上安全背带，把自己吊在升降索上，让科迪把我拉了起来。要是平常，我会尽力自己拉住升降索上去，但是当海浪太大的时候，最好还是由别人来拉升降索，因为你需要集中精力不让自己撞到桅杆上。

　　就在我离开甲板几英寸以后，整艘船突然随海浪颠簸起来，就像失控了的跷跷板。我坐在吊椅中，整个身体被荡出帆船，像坐秋千一样在翻滚的海浪上面飘来荡去。船在摇摆，浪在翻滚，人在空中随着风飘荡，飞了起来！

我尽可能减慢速度，把帆索用胶带绑起来，这样我就可以在上面停留得久一点。

"苏菲，怎么啦？"思图舅舅喊道，"你是不是有麻烦啦？绑不上吗？"

"我很好，西拉－探戈－回声－威士忌。"我说。我本想加上一句"你这个笨蛋"，但是当我低头看他，他在下面看起来小小的、皱巴巴的、可怜兮兮的，于是我把"笨蛋"两个字咽进肚子里了。

我们没有捕到一条鱼。我不知道哪里做得不对，但是我感到轻松愉快。因为我讨厌杀鱼。

不过我们的鱼饵招来了鸟儿，它们从哪儿来的？它们喜欢我们的鱼饵。今天，一只海鸥啄取鱼饵时被帆索缠住了。科迪的营救充满戏剧性：他先把海鸥拖到甲板上，然后解开缠住它翅膀的帆索，再轻轻地把海鸥放回大海。

"小鸟，再见。"科迪向飞走的海鸥道别。

昨晚我们看见了海豚，今天早上又见到了——三只海豚一跃而起，接着又扎进海里，十分欢快。

"亲爱的，你——们——好呀！"科迪喊道。

我喜欢看海豚，我觉得它们像信使一样。至少对我而言是这样的。

今天早上的太阳没有露面太久，现在开始下雨了，雨越来越大。晚上的雾很大，但是风还挺温和的。

昨晚在雾中，布赖恩和我正在查看雷达，我们发现两个一同移动的光点，大概在我们东北方向五英里处。我们认为那是一艘拖船正拉着一艘驳船。接着我们又发现一个光点，大约在我们东南方向三英里处。那艘船船速很快，正朝着我们开来。我们走上甲板吹响气笛，科迪还尝试通过无线电联系对方，但是没有得到回应。

那真是恐怖又紧张的时刻。因为你看不到任何东西，但是雷达却告诉你有什么东西正在靠近。你会忍不住害怕——在这迷雾中，也许会突然出现一艘巨轮，把我们的小船撞得粉碎。我的心就一直这么怦怦跳着，害怕这艘巨轮赫然出现在眼前。

我们发动引擎，准备在对方离我们两英里的时候改变航道，但是那个光点突然在我们旁边掠过。更晚一些的时候，雷达上又出现了五个光点，但是我们用无线电联系对方仍然没有得到回应。太可怕了，想象一下：一艘巨大的轮船从你上方碾过，继续前行，甚至意识不到自己撞翻了小船。

思图舅舅翻了很长一段时间的航海指南之后得出结论：因为我们整晚都在暴雨中前行，雷达收集到的信号很可能来自乌云！我们松了一口气，甚至觉得我们之前对着乌云不停吹气笛，还用无线电发送信号的行为很愚蠢。

我们这个航海家庭今天的精神面貌还不错，但是我们都睡眠不足。我想我们如此疲惫的原因除了断断续续的睡眠，还有我们做任何事情，即使稍稍动一动，都很费劲。比如我们随便走几步，都需要花费大量力气。就像在攀岩的时候，你需要先规划好每一次手攀爬的位置和每一次脚踩的位置才可以继续移动。

我走起路来就像一位九十几岁的老婆婆，或者是一位腿脚不方便的人。每次海浪起来的时候，你都得绷紧自己的身体，做好充分准备，以防被船的颠簸甩到墙上。你不能松松垮垮地站在那儿，几秒钟都不行，因为你会随着船身摆动而失去平衡。

做饭是件困难的事。虽然我们的炉灶安装在平衡环架里面，在船颠簸时仍然能够保持平衡，但是其他东西会飞溅出来，或从架子上掉落，把厨房弄得乱七八糟的。

吃饭的时候，你得用手端着餐盘吃。你不能边吃边喝，因为你没有多余的手能够同时端着盘子和杯子，要么端着盘子放下杯子，要么端着杯子放下盘子。

睡觉也是一个挑战。睡觉时间和平常不一样；睡觉的时候总能听到一片嘈杂声（东西碰撞的声音，人们摔倒的声音，船帆随风飘动的声音，还有人们谈话的声音）；你睡觉的床也不是固定的（哪张床没人就去哪张睡）；你可能在睡梦中滚下床，从架子上掉落的东西可能砸到你的脑袋，你的睡袋也可能被划破。

但是，我还是喜欢在船上的生活，喜欢这样自给自足、迎着风穿越海洋的生活。

昨晚，在断断续续的睡眠之中，我又梦到那个和海浪有关的梦。海浪升起，越升越高，形成一堵墙，浪头越过头顶，几乎要落到我的头上，我张大嘴巴，正要发出尖叫声。这时，我醒了。

我讨厌这个梦。

第三十章 结

科 迪

我从西拉-奥斯卡（苏菲）那儿学会了系绳尾结。
真简单！在绳索的尾端系上这种小结，就可以确保绳子
不会从那些圈圈里面滑出来，掉进水里。

我问苏菲是在哪儿学到这些系绳结的方法的，她又
摆出那个表情，就是有时候你问她问题的时候会出现的
那个表情。她转头盯着水面，似乎答案会在水平线那儿
出现。"我不知道。"最后她回答我。她低头看看指尖的
绳索，说："也许有人在很久之前教过我。"

我率先记住了所有的无线电代码，打败了"万事

通"先生。哈哈！

　　太阳和海豚今天都来陪我们航行了，真是愉快的
一天。谁也不能打败太阳和海豚。爸爸也跑到甲板上
来看海豚，他说："看着它们，你会想变成一条鱼，是
不是？"

　　这是我们这么久以来第一次达成共识。你看那些
海豚，它们那么无忧无虑。没有人会指责它们做错了什
么。它们只需要在水中畅游，在空中翻腾。

　　爸爸在甲板上的时候，突然看见了我用双套结和
绳尾结绘制的一幅画。"嘿，"他说，"你什么时候学的
画画？"

　　我可以把这句话当作一种羞辱，因为它的意思可能
是：我太忽视你了，我竟然没有发现你过去几年都在画
画。我也可以把它当作一种表扬：嘿！你画得太棒了！

　　我不知道他是什么意思，是羞辱还是表扬呢？

第三十一章　罗萨莉

苏菲

　　在海上航行已经一周了，大家都平安无事，没人被卡住或者掉进水里。

　　不过，这几天几乎没什么风，云雾弥漫，我们大部分时间都看不见太阳、月亮和星星。我从来没有像现在这样想念它们！站在甲板上，四周只有茫茫的海水，我抬头凝望无边无际的天空，却只能看到灰蒙蒙的雾。

　　没有阳光，什么东西都晒不干，所有的衣物都潮乎乎的。不过，每个人都在背包里藏了几件干T恤衫，我们小心翼翼地保护着这些衣服，直到实在忍受不了的时候，才会抽出一件干的。天哪，干的T恤衫，真是太舒适了!

这几天我们都有访客，是那些可爱的小动物！我是那么渴望见到它们，渴望它们的陪伴，对此我自己都有点吃惊！昨天，一只黑色的小鸟落到了驾驶舱，它浑身湿漉漉的，一副可怜巴巴的样子。我赶紧把科迪从甲板下叫了上来。"嘿，小鸟，"他轻轻拍了拍小鸟的爪子，又轻轻抚摸着它的喙，温柔地说道，"你嘴上这伤是怎么弄的？你从哪儿来？怎么会浑身湿透了呀？"

科迪用双手拢住小鸟为它取暖，还用身上的衣服把小鸟擦干。"真是一只可爱的小啾啾，是不是？"科迪赞叹道。所以，我们干脆给小鸟取名"小啾啾"。

当我睡了一觉准备去接班的时候，小啾啾已经来到甲板上，飞进铺着海图的桌子旁边的橱柜里，摩舅舅正坐在那儿给它画像。见我来了，摩舅舅便教我怎样去描绘那些参差不齐的羽毛。小啾啾在橱柜里待了好几个小时，好像也很乐意给摩舅舅做模特。

有一只和小啾啾长得很像的小黑鸟从前一天晚上开始就一直跟着我们的船，我们猜它很可能是小啾啾的配偶，但是它没敢飞上船，小啾啾似乎也没有发现它。

科迪想把小啾啾揣进怀里好让它能暖和一点，但我猜他的动作吓到了小啾啾，因为它开始扑扇着翅膀，颤巍巍地飞到了救生索上，然后再次起飞，慢慢地绕着我们的船飞了几圈，最后飞向了大海。

"小啾啾，再见——"科迪喊道。

我舍不得小啾啾离开，看着它独自远去的小小身影，我感到很难过。

"你这话听起来真是太蠢了。"布赖恩模仿着科迪的语气说，"哦，小啾啾！哦，小啾啾！"布赖恩边说边夸张地张开双臂，好像要给老天发送消息一样。"我们是一座漂流避难所，专门收容失落的灵魂。"

科迪上下打量着布赖恩，反问道："这有什么不对吗?"

昨天我们还看见鲸鱼了，个头小小的领航鲸长得很像海豚，不过海豚的头部会有一个突出的"长鼻子"，而鲸鱼是圆溜溜的脑袋。

"鲸鱼，啊嘿！"科迪大喊着。

我们全趴在甲板上看鲸鱼。它们紧紧地跟着我们的船，但总是在船尾的不远处，并不像海豚那样靠近我们。过了一会儿，我们终于能够认出它们中的几头——一头鲸妈妈带着它的鲸宝宝，它们肩并肩地跟在我们的船尾；而在我们的船舷附近，还有一头更大的鲸鱼。

我被这三头鲸鱼给迷住了。我断定在船舷附近的那头大鲸鱼是鲸爸爸，因为它来回转圈，保护着鲸妈妈和鲸宝宝。大多数时候，鲸宝宝都紧紧跟在妈妈身边，不时碰碰妈妈；但有时候鲸宝宝也会离开妈妈，这时候它会有点惊慌，手足无措的，看起来有些笨拙，很快又游回鲸妈妈身边，碰碰妈妈。这一家三口的画面是多么温馨美好啊，如果突然看不到其中的一头，我会感到又紧张又焦虑。

多克舅舅也加入了我们。"太美了！"他感叹道。多克舅舅一边看着鲸鱼，一边和我们说起他以前认识的一个女人。她叫罗萨莉。她对鲸鱼的喜欢简直称得上痴迷。她不但阅读了很多关于鲸鱼的文献和书籍，还看了很多有关鲸鱼的电影——只要这个电影里有鲸鱼出镜。她房间的墙上贴满了鲸鱼的照片，桌上也摆满了鲸鱼毛绒玩具和小小的鲸鱼摆件。

"但是她从来都没有见过真正的鲸鱼，"多克舅舅说，"不是面对面地见到，你们懂吧？有一天，我租了一艘船带她出海，我们一整天都在海上找鲸鱼，她一直都祈祷能看到鲸鱼。那真是美好的一天。"

"那你们最后看到鲸鱼了吗？"我问。

"那天没看到。"

"你的意思是你们又去了一次？"

"没错。我那时候穷得叮当响，只好把自己最好的一根钓鱼竿当给了船主，所以我们后来又出了一次海，花了一整天在海上寻找鲸鱼。"

"那一天，她又在祈祷，希望能够看到鲸鱼。"

"没错，"多克舅舅回答道，"然后，正当我们要返航的时候，壮观的景象出现了！一头珍珠灰色的鲸鱼慢慢浮出水面。罗萨莉，啊，罗萨莉！她的嘴巴惊讶地张成了一个大大的圆，两只大眼睛闪着光。我们看着那头鲸鱼优雅地从我们身边慢慢游过，然后消失在一片汪洋之中。"

多克舅舅长长地叹了一口气。

"那罗萨莉呢？"我问，"她怎么样了？"

多克舅舅站在那儿，用手拍了拍自己的裤子，就好像要把记忆拍掉一样。"哦,她嫁给了别人。"

科迪站在那里,张开双臂,向着水面大喊:"罗萨莉!啊,罗萨莉!"

多克舅舅笑了笑,和科迪一起喊道:"罗萨莉!啊,罗萨莉!"

然后,多克舅舅摇摇头,缓缓地离开,走到甲板下面去了。

布赖恩看着正在看鲸鱼的我,说:"苏菲,你就是个鲸鱼女孩。"

"难道你不觉得它们很有意思吗?"我问,"你不觉得它们很美吗?"

"嗯。"他答了一句。

"你不觉得它们比书本和航海图更有意思吗?"我又问。

"嗯。"他又回答了一句。不过,这一次他走到了我的旁边,当看到鲸宝宝撞到鲸妈妈的时候,他甚至还笑了笑,但被我发现后,他好像有些不好意思,又假装低头开始看他的航海图。

今天来了更多的海豚，它们在船头的水波里嬉戏。其中一只还在我们船头正前方顽皮地跳出了水面，似乎在说："看我呀！看我呀！哇！"

我看到一只海豚妈妈和一只海豚宝宝，我完全被它们完美的同步泳姿给迷住了，它们仿佛是一体的。

"那只海豚宝宝和它妈妈简直就像一个模子里刻出来的，"布赖恩说，"只不过它小一些，但是它和它妈妈一样优雅，速度也一样快。"

"布赖恩，"我追问，"你是真的觉得它们有趣吗？"

"看，海豚妈妈好像在教海豚宝宝怎么玩。"他接着说，"你说它们为什么这么信任我们？"

我也这么觉得，它们好像出于本能地信任我们。说真的，这让我感动得要哭了。不过，我更应该开心才对，它们好像在邀请我们跟它们一起玩耍。你看它们是那么快乐，它们嬉戏着，探索着，滑行着，跳跃着，翻滚着。我不知道为什么我竟然会想哭，但是待在那里的我一直在想：它们在海里，我在船上。它们无忧无虑，心无旁骛，一路跟着我们；而我站在甲板上，却犹如千斤重担在心头。

摩舅舅拿出他的素描本，一气呵成，把海豚们腾空飞跃的瞬间给画了下来。他说："它们让你想起那充满好奇心、精力充沛的童年。它们提醒你，你本来可以成为的样子，而不是你需要长成的样子。"他回过头意味深长地看着我、科迪和布赖恩，就好像他刚刚才发现我们在那儿一样，然后他又转身画了起来，嘴里嘟嘟囔囔地说："或者至少不是像现在这样。"

第三十二章　邦皮和水池

科迪

雾、雾、雾，全是雾。

我在睡梦中说的全是无线电代码。旅馆 - 回声 - 利马 - 爸爸（救命①）！

我们看见了鲸鱼、海豚，还有一只黑色的小鸟。我想变成一条鱼，在水里游来游去；或者是一只鸟，在空中飞来飞去。

苏菲真的很关心那只小鸟，她为它着急，担忧。我告诉她最好注意点，以防变成像思图叔叔那样思虑过重

_____

① "救命"的英文是 help。

的人。

"我不会！"她说。

每次有海豚或是鲸鱼来到船边，苏菲就会站在那儿目不转睛地看着，思考它们从哪儿来，要到哪儿去，为什么来到这里，它们是不是一个家庭，有没有血缘关系。

布赖恩又开始发表他有关"孤儿"的见解。一开始，他叫小啾啾"小孤儿"。后来我们在看海豚的时候，布赖恩又开始提到海豚宝宝是怎样模仿海豚妈妈的。"我好奇没有妈妈的海豚会怎么样，"他问，"它们要怎么学东西呢？"

苏菲说："我猜海豚很聪明，它们靠自己也能学会。也许它们也只能靠自己。"

布赖恩接着追问："你就是这样的吗？靠自己？"

然后苏菲说："快看！看那儿！你看到它跳起来了吗？"说完她走下了甲板。几分钟后，我也走到甲板下面，她正在那儿抛椒盐饼。她抛得很不错。

"怎么可以同时抛起四件东西，教一下我！"她说，"然后教我怎么假装不小心打倒某个人，让他掉进水里。"

　　我猜她指的是"万事通"先生，暴徒 - 罗密欧，布赖恩。

　　后来，她说起另外一个有关邦皮的故事，这个故事是这样的：

　　在乡下，离邦皮房子不远的地方有一个天然小水池，那是一条小溪的溪湾，水非常深。溪边草木丛生，到处都是大块的石头，你可以爬到石头上或是树枝上，再一跃入水，哗啦！不过，水池中也暗藏危机，水池底下还有许多看不见的石头和树枝，你很难判断落水的地方是不是安全。小水池很危险，所以邦皮也被叮嘱不要在那儿游泳。

　　但是在某个异常炎热的夏日，邦皮非常想去游泳，他想跳进水里，在水中漂着，直到把皮肤泡得皱巴巴的。所以，他偷偷跑到小水池那儿，爬上其中的一块石头，站在上面看着下面冰凉的池水。啊，天气真是太热了，池水又是那么凉。就这样，他跳下了水池。

　　当他刚碰触到冰冰凉凉的池水时，他感觉很惬意。不过随着他不断沉向池底，咣当！他撞到了什么东西——是石头吗？还是树枝？咣当！他好像又撞到了别的什么东西。在冰凉的水下，他开始感到有点晕乎乎的。砰！他的头又重重地撞到了什么坚硬的东西。

在打着旋儿的、冰凉的水里，他像无头苍蝇一样乱转，乱抓。不过，他最终还是钻出了水面，从水池里爬了上来。他躺在泥泞的岸边，一直待到头不疼了，才回家。

"他又吃了一顿鞭子？"布赖恩问，"对吗？我猜他的爸爸肯定又给了他一顿鞭子！"

"没错，"苏菲说，"然后——"

"等等，"布赖恩说，"先别说。是苹果派，对吧？他妈妈给了他一些苹果派，对吧？"

"不对。"苏菲说。

"什么？"布赖恩问道，"没有苹果派吗？不是只要他安全回家，他妈妈就会给他一些苹果派吗？没有苹果派吗？"

"没有苹果派，"苏菲说，"这回是蓝莓派。苹果吃完了。"

苏菲把故事讲完了，布赖恩问："邦皮总是往水里跑，究竟是为什么？"

"什么？"苏菲说，"你什么意思？"

"如果他经常在水里遇到危险，那他为什么还一直去水里呢？他应该离水越远越好。"

苏菲紧闭双唇，我第一次发现她好像有些不知所措。

我说："也许，这正好是邦皮一直往水里跑的原因。"

苏菲看着我，眼睛里闪着晶莹的泪花。

"也许，"我说，"他惧怕水，但是他不停地往水里跑，是因为他必须这样做，他需要证明一些事情。"

"什么事情？"布赖恩问。

"我不知道，"我说，"但是你想一想，如果你战胜了最让你害怕的事情，你会感觉——我不确定——你应该会有一种获得自由或者其他什么的感觉。你觉得呢？"

布赖恩说："嗯，这很愚蠢。如果你害怕什么，那可能是有原因的，这意味着你应该学着远离它们。我是这样理解的。"

苏菲没有说一句话。她走到栏杆边，站在那儿，望着大海。

第三十三章　生命

苏菲

今天早上，我醒来的时候还在想：我讨厌大海，大海也讨厌我。这种感觉很奇怪，其实我并不讨厌大海。

我正想去找点吃的，发现思图舅舅在小厨房里。我平常很难看到他，我醒来的时候他在睡觉，他醒着的时候我在睡觉。但到目前为止，我觉得这样很好。

因此，在小厨房遇到他还真是有些不自在，我不知道要和他说些什么，于是我决定问一问罗萨莉的事。

"你见过罗萨莉吗？"我问，"就是多克舅舅提到过的那个罗萨莉？"

"当然见过。"他说。

"多克舅舅很喜欢她，是不是？"

"可以这么说。"思图舅舅回答。他正在忙着列清单，把做过的事情画掉，再加入新的事项。

"那罗萨莉和别人结婚的时候，多克舅舅一定很难过吧？他肯定心都碎了，是不是？"

"差不多。"思图舅舅说。

"他是怎么挺过来的？"我问，"忘了她还是怎样？"

思图舅舅抬起头来，说："忘了罗萨莉？真是开玩笑！你以为我们为什么要经停这么多地方？布洛克艾兰、马撒葡萄园岛，还有大马南岛……"

"什么？为什么？难道不是因为多克舅舅要去看他的朋友吗？我们不是刚刚修好漫游者号吗？"

"没错，"他说，"没错。"他整理了一下他的清单，把它们整整齐齐地摆好。"听着，"他说，"我可以告诉你，但是你千万别让多克知道，他对罗萨莉的事有些过分敏感。"

"我不会说的。"我承诺道。

"布洛克艾兰是多克第一次遇见罗萨莉的地方。"

"真的吗？"我问。

"还有马撒葡萄园岛，还记得乔伊吗？乔伊是罗萨莉的哥哥。"

"她哥哥？真的吗？"

"多克从乔伊那儿得知，罗萨莉的丈夫去世之后——"

"她的丈夫去世了？那她后来没再婚了吗？"我问。

"没错，"思图舅舅说，"多克发现罗萨莉去了大马南岛，找弗兰克看鲸鱼——"

"你说的弗兰克是我们在大马南岛上见到的弗兰克吗？就是那个弗兰克？"

"就是他。"

"但是罗萨莉呢？我们在大马南岛的时候，罗萨莉又在哪儿？"

"离开了。"

"那她去了哪里？"

"你猜！"思图舅舅说。

我没机会猜了，因为多克舅舅突然跑到甲板下面来了。思图舅舅又继续倒腾他的清单，显然，我们的谈话结束了。

晚些时候我试着又问了问思图舅舅，但是他说：

"我已经说得太多了，最好到此为止。"

我说："你肯定知道很多关于罗萨莉的事情，而且我想从来没有人告诉过你这些。"

"哈哈，"他说，"我的确知道不少事情。"

我一直在想，罗萨莉究竟在哪儿？也许我们不是真的要去见邦皮，也许多克舅舅是带着我们去寻找罗萨莉。也许她在格陵兰，所以现在和我们要去的地方正好是同一个方向；但也许她现在正好返回了美国，然后多克舅舅可能会突然决定返航去找她。

昨晚我和多克舅舅值班，他让我感到很担心。当时我正在掌舵，他站在前甲板上，凝视着大海。突然，他转过头来看着我，足足打量了我一分钟，然后他说："苏菲，到底发生什么事了？"

"你在说什么？什么'什么事'？"

他重重地叹了一口气："你知道的，生命。"

"你是在问我吗？"我问道。

他咬着下嘴唇，几乎快要哭了。这真是让人震惊，多克舅舅一直都是个稳重、冷静的人，我无法想象他居然会去担忧生命，当然，更想不到他这样冷静的人会大半夜在船上哭泣。

后来，他慢悠悠地回到船尾的甲板上，开始摆弄那些帆索，难道那就是他所说的生命？我望着海水，望着天空，突然有一种奇怪的感觉。首先，我感受到了完完全全的安宁，就好像这是全世界最安静的地方。接着，这种安宁变成了无边无际的孤独。

我想起了寿险，我希望真有那么一份保险，它能够保证你拥有快乐的生活，保证每个你认识的人也都能快乐，保证他们能够去做他们真正想做的事，能够找到他们想要找到的人。

第三十四章　小孩的噩梦

科迪

我没怎么睡着，因为爸爸不停在烦我，思图叔叔和布赖恩在争吵，多克叔叔对我大吼大叫，说甲板上有一根绳子松掉了。外面又是雨又是雾，海面波涛汹涌，不断有东西砸到我的头上。

我好不容易睡着了，苏菲的尖叫声又把我吵醒。她做噩梦了，但是她不愿意说自己梦到了什么。有一次，她告诉我她梦见了她认识的一个小孩。

那个小孩差不多三岁的时候就出海了，也许那个小孩的妈妈陪着她，但苏菲也不是很确定。那个小孩躺在一张毯子（苏菲说是蓝色的）上睡着了。

海浪不停地拍打那个小孩，将她淹没。海浪就像一堵黑色的墙。小孩的母亲牢牢地抓住了小孩的手，但是海水想把那个小孩卷走，它不停地拉呀扯呀！小孩什么都看不见，也无法呼吸。

哗！那个小孩的妈妈猛的一下把她举出水面。

"你知道吗？"苏菲说，"即使这样，那个小孩竟然还是总会梦到有大浪打过来。"

"你是说那个小孩仍然怕水吗？"

"我没这么说，"苏菲说道，"那个小孩爱水，爱着大海——"

"那为什么那个小孩会不断地做这样的梦？"

"不知道，"苏菲说，"也许是因为梦中的一切是那么出乎意料，你睡得正香，正感受睡眠带来的温暖和喜悦，突然，掀起一个大浪，要把小孩带走——"

"哇，"我说，"就好像海浪还紧跟着那个小孩，那个小孩也害怕海浪再次袭来——"

"也许是这样，"苏菲说，"也许不是这样——"

苏菲那一整天的行为都很奇怪，她先是呆呆地看着大海，然后突然间急匆匆地跑到甲板下面，接着又急匆匆地跑上来，好像在甲板下面快要窒息了一样。她就这么来来回回地跑着，或许她是在担心那个小孩。

第三十五章　蓝色爵士乐手

苏 菲

　　我们已经在海上漂了一周多了，漫游者号的航程已经超过了一千三百多英里，行程已过半，离邦皮只剩一半的路程了！我们穿越了两个时区，所以我们现在所在时区的时间比我们出发地的早了两个小时。我们还要穿过三个时区。每一次我们调整钟表时间的时候，科迪都会说一声"小时，再见了"，那么"小时"究竟去哪儿了？

　　我们距离纽芬兰的东端还有五百英里，距离格陵兰的南端还有九百英里，我一路上都在期待多克舅舅说一句"嘿，我们在格陵兰停一下吧"或者"嘿，我们在纽芬兰停一下吧"。然后，我们停靠在岸边，他去找寻罗萨莉。但是不知道为什么，他到现在都没有提过停靠的事情。

过去几天天气很冷，不过当我们靠近墨西哥湾暖流的时候，天气就越来越暖和了。思图舅舅说拉布拉多洋流（大西洋最寒冷的洋流，源自北部地区）与墨西哥湾暖流（大西洋最温暖的洋流，源自南部地区）交汇形成了"非常有趣的天气模式"。

"什么叫'有趣的天气模式'？"我问。

"噢，你知道的，突如其来的暴风雨，猛烈的暴风雨——"

我不确定思图舅舅说这些是不是为了测试我——看看我会不会害怕或者哭泣——或者他说这些是为了让我为即将发生的事情做好准备。

我不会显露我的恐惧，我也不会哭泣。

昨天，我们差一点就被卷进雷雨区，思图舅舅疯狂地喊着，下达各种命令："切断电源！"

"为什么？"科迪和我很不理解。

"难道你们想成为巨大的避雷针？"

大片的乌云黑压压地盘踞在不远处，一阵阵狂风呼号着扑向漫游者号。

思图舅舅一口气喊了一大串指令："雷达！"

科迪迅速关了雷达。"搞定啦！"

"全球定位系统！"

"关好啦！"

"远程导航！"

"咔嚓啦！"

思图舅舅朝科迪大喊："你究竟在说些什么？它们都关好了吗？"

"关好啦！"

我没有继续听下去，因为我有我的职责。我们正在和雷阵雨赛跑，狂风大作，那真是太恐怖了！我们穿上防水服，任凭倾盆大雨敲打在我们身上，只顾一路乘风破浪。这时候应该来点背景音乐，比如一段气势磅礴的古典乐曲，让你感觉身体的每一寸肌肤都充满力量，然后努力活下去。人和船仿佛融为一体，互帮互助，所有人齐心协力，然后，哇，我们终于脱离危险了！

几乎每个晚上，我们都会试着与岸上的人联系。令人惊讶的是，科迪成了业余无线电的行家。业余无线电有一大堆行话，而且你必须时时刻刻集中精力，才能知道对方说了什么。我们的无线电号码是"海上移动电台N1IQB"，用业余无线电行话，你要说成：海上移动电台–十一月–1–印度–魁北克–暴徒。听科迪说着这些行话就像听一门外语，特别有意思：

"这里是海上移动电台N1IQB……海上移动电台–十一月–1–印度–魁北克–暴徒……完毕。"

今天摩舅舅又教了我们一些新的内容，是更多的代码：

QSL是"收到了吗"。

88是"拥吻"。

现在，科迪用无线电这样与人沟通：

科迪："收到，这里是海上移动电台N1IQB，正在联系海上移动电台WB2YPZ，威士忌–暴徒–2–美国佬–爸爸–祖鲁人，完毕。"

业余无线电网："收到，N1IQB，发送你的航行情况，完毕。"

我们还没有成功联系上任何我们认识的人，所以我们向业余无线电网发出请求：是否能给康涅狄格的某个人留言或者接通电话。科迪说大部分陆地上的业余无线电操作员可以帮忙转接，他们会将他们的电话信号搭载到无线电网上，然后通过拨打电话号码帮我们联系上我们想要联系的人。

无线电网传来的声音有点失真、模糊，不过一旦连上了，你还是会觉得很神奇，可惜我们很少能连上。我们尝试联系我爸爸，但是我们的运气还不够。

科迪在发送无线电信号的时候，我感到非常兴奋，我们太渴望能够听到一个熟悉的声音了！但是随着时间的流逝，无线电要么无法连通，要么连通了又听不清楚，这让我变得焦躁。我宁愿我们根本没有尝试过！而且，如果我们真的能够联系上其他人，我仍然觉得这是在作弊！

我把这个想法告诉了多克舅舅，他问道："什么？难道你想和其他人切断联系？和整个世界切断联系？"

"我不是这个意思。只是我们本来就应该靠自己。"

多克舅舅说："苏菲，你要知道，依靠别人并不是件坏事。"

那一整天我都在想这个问题。不知道为什么对我而言，能够独立地完成各项事情而不依靠他人是那么重要。我一直认为这是正确的，但多克舅舅好像认为这样是很自私的行为。我不理解。

今天吃午餐时，碰巧所有人都没睡觉，这真是难得。多克舅舅说："嘿，还记得那时候我们发现一艘橡胶艇的事吗？我是说，我们小时候——"

摩舅舅回答道："记得！那艘蓝色的？"

思图舅舅也插了一嘴："嘿，我记得！它被冲上了岸，对吧？我们宣称它是我们的——"

"我们还给它起了名字，谁记得是什么名字吗？"多克舅舅问。

摩舅舅和思图舅舅两人开始冥思苦想。没多久，思图舅舅突然张嘴笑了，这也许是我第一次看见思图舅舅笑。他嚷道："我知道！叫蓝色爵士乐手！蓝色爵士乐手，对吧？"

摩舅舅也跟着笑了起来："没错！蓝色爵士乐手！"

"我还记得，"思图舅舅说，"当时我们坐到里面的时候有多开心，我们把它推到水里，像鬣狗一样大笑——"

"结果乐极生悲，大家都没有注意到——"

"我们漂得越来越远——"

思图舅舅笑得都快岔气了，他说："而且之后我们才意识到——"

"我们没有船桨！"

他们这时候都大笑起来。一开始，我也在笑，因为他们都在笑——看他们那傻乎乎的样子实在太有趣了。但转念一想，我不明白坐在一艘没有船桨的小艇里面有什么好笑的。相反，一想到他们在水里无助地漂呀漂，我吓起了一身鸡皮疙瘩。

"后来怎么样了？"科迪问道，"你们是怎么返回的呢？"

"嗯，"摩舅舅说，"不太记得我们是怎么返回的了。"

"但我们还是回来了。"思图舅舅说。

当然，我肯定知道他们都安全地回来了，不然他们也没法在这儿讲故事了。但是不知怎么了，直到思图舅舅说到他们返回的时候，我才大大松了一口气。

“后来邦皮——啊，天哪！”多克舅舅说。

“怎么了？”科迪问，“他给了你们一顿鞭子吗？”

“邦皮？”思图舅舅说，“邦皮从没有打过我们。”

“没错。”多克舅舅说。

“那你们回来的时候，邦皮做了什么？”科迪问。

思图舅舅说：“他带我们到树荫下，说：‘看见那些木板了吗？这些木板就叫作船桨，你们下次出海的时候记得来这儿带几个船桨去。’”

思图舅舅讲故事的方式太有趣了，大家坐在甲板上笑了好长时间。我受不了这些，一个人跑到了甲板下面，因为我满脑子想的都是他们坐在小艇里，没带船桨，在海上无助地漂呀漂。

昨天我又爬到桅杆上去了，这一回，我爬到了最顶端！挂旗帜的绳索断了，缠在了桅杆的最顶端，所以我在安全背带上系了一根新绳子，然后让科迪把我拉上去。狂风大作，帆船不停地颠簸着，我尽力坚持着，就好像我在和风对抗——风在说：“苏菲，你能做到吗？我猜你做不到。”我回答：“我能做到！看着吧！”做艰难的事情有时候能让人感到成就满满。

我们都注意到了桅杆两端的裂缝，它们本不应该裂开的。这个问题很严重。多克舅舅说我们要好好修理它们，希望裂缝不要变大。

除此之外，还有个严重的问题，热水器也坏了。没有人知道问题到底出在哪里，但是布赖恩打算今晚冲个热水澡，所以我们接上电源，试图修好它。说起冲澡这件事，我们都臭烘烘的！船上的一切都臭烘烘的。

思图舅舅朝我大叫，让我去帮他修点东西，所以我猜无线电代码应该是这样的：西拉－奥斯卡－爸爸－旅馆－印度－回声（苏菲），QSL（收到了吗）？88（拥吻）。

第五篇　风浪

我们就像骑着一头公牛，
以卵击石一样冲向海浪，
被一道道海浪猛烈地冲撞。

第三十六章　海浪翻腾

科迪

海水卷起层层大浪，海浪翻腾着，让人想要呕吐。

晚些时候：

吐了。

再晚一些时候：

好了。

第三十七章　风

苏菲

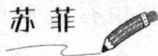

大海！大海！大海！海浪不断拍打着，翻滚着，朝我怒吼着。

从昨天傍晚太阳落山开始，大风就呼啸不止，我们为了抵御风的袭击几乎筋疲力尽。刚起风的时候，我们收起了主帆：把主帆放下来一部分，再将主帆底部绑好，缩小船帆的面积。我们正准备把后帆也收起来一部分，主桅杆断裂了——我们一直担心它会断开。

多克舅舅和摩舅舅用绳索把桅杆底部给绑紧了，他们在桅杆上加了一根钢管，用绳索把桅杆和钢管绑在一起来加固桅杆。我们都祈祷着钢管能够撑住桅杆。

风在船帆周围呼号着，一会儿把我们掀到一边，一会儿又把我们猛地吹到另一边，我们全被摞倒在甲板上。海浪越来越大，卷起一堆堆泡沫。我无法估算海浪有多高——似乎有两层楼高，你简直不敢相信水能升到那样的高度，在你的头顶形成一道拱门。

我们现在把两个帆都收起来一半，多克舅舅像真正的船长那样大声发布着各种命令。我很高兴我知道大部分的术语，因为你没有时间去思考哪儿是右舷，哪儿是水手长的储物柜，你也没有时间去思考升降索与帆索有什么区别——你得清楚地知道它们，才能马上执行指令。我很高兴我已经使用过漫游者号上的每一根绳索和每一个滑轮，知道它们是怎么运作的。我感到自己好像真的能帮上忙了，此时此刻，是女孩还是男孩来做这件事已经不重要了，最重要的是把事情做好。

多克舅舅又喊起来了……

第三十八章　咆哮

科迪

狂风大作，海浪一波高过一波。一切都在咆哮和翻腾。

我想我们完蛋了。

第三十九章　摇摆

苏菲

　　所有容易松动的东西都被绑牢了，我们的船已经全速航行了大约六个小时，但是风却越来越大，从东南方向刮过来。我们就像在坐过山车一样，有时还觉得很有趣，一路向前冲，努力保持帆船与浪垂直的状态，以免海浪把我们打翻。我们冲上一个浪头，又沉下来，一直浮浮沉沉！

　　现在，海浪更加汹涌澎湃了，浪花凌空卷起，劈头而下，就像两眼放光、流着口水的怪物一样在空中喷出团团泡沫。有时候，当大浪在你身后升起，你可以看见大鱼悬垂于海浪之中。

此时，想要看清东西和进行思考都不容易，更别说在船上站直了。我正跪在甲板上绑一根绳索，但当我转过身来，却发现甲板上一个人也没有，虽然一分钟之前我还看见多克舅舅、科迪和摩舅舅在那儿。我想朝他们大喊，但是大风把我的声音又刮回我的嘴里，我的脑袋里响起小小的呜咽声。

终于，我在雾气中看见了多克舅舅，他吼道："帆拉得太紧了！"他抬起头盯着船帆，两片帆顶部的索环都弹了出来，嘎吱，咔嚓，嘎吱！主帆从顶部裂开了。

我们把主帆取下来，尝试装上特大风暴斜桁帆，但是斜桁帆还没来得及升上去，一半的索环就损坏了。一阵大风刮来，摩舅舅被吹到我这里，把我撞到了支索上。

"后帆的帆索断了！"科迪大喊。

"看见没？"摩舅舅一边试着站起来，一边说，"那小子才不是笨蛋。他懂得不少。"

后帆也开始破裂，我们只好把它也取了下来，但是当我们把它取下的时候，升降索不受控制地摆来摆去，最后缠在了桅杆顶端。

多克舅舅抓着栏杆，朝着大海喊："啊，罗萨莉！"

此时此刻，我们驾驶着的船已经没有了船帆，只剩下光秃秃的桅杆。船在公海的暴风中，像软木塞一样摇摆，我们离陆地已经十万八千里了。

第四十章　没时间

科迪

没时间说邦皮的故事了，没时间玩杂耍了，也没有时间学习打结了。大风在咆哮，大海在咆哮，我们的船帆也收起来了。

我走到甲板下面的时候，爸爸突然拥抱了我。

"我不想死。"我对他说。

他抱住我。"你不会死的，"他说，"你不会，苏菲也不会这样死去。"

"苏菲不会死？那多克叔叔呢？还有布赖恩，还有——"

"我们不能让这事发生。"

他这是什么意思？他好像在用代码说话一样。每次提到苏菲的时候，大家都好像在用代码说话。甚至苏菲自己都在用代码说话。

第四十一章　冲浪

苏菲

　　我已经掌舵很长时间了，但是海浪似乎没有丝毫的同情心。几乎每隔五分钟，一道水墙就会向我们扑来。风仍在咆哮，呼——呼——它想把我们掀翻。科迪正在船头忙活的时候，一个滔天巨浪朝他打了过来，把他冲倒了。

　　"科迪，系上安全背带！"多克舅舅大喊，"苏菲，把船舵固定住！"

　　我尽可能地把船舵固定在前进的方向。此时此刻，思图舅舅正在煮热巧克力，好让我们暖暖身子，我们需要聚在一起思考接下来该怎么办。在和风浪的这场搏斗后，大家都筋疲力尽了。狂风和巨浪的能量那样巨大，我们就像细小的沙，被包围在巨大的能量之中，而这些能量只要稍一发力，就能把我们粉碎成无数个原子。你会情不自禁地想，这些狂风和海浪对你充满了敌意。

我坐在前舱，海浪甚至比先前更大一些了，风速达到了五十节。周围是白茫茫、阴森森的大海，空气中弥漫着奇怪的味道，一种鱼腥味、海藻味和霉味的混合味道。

思图舅舅和布赖恩本想把斜桁帆修好，但是风向又开始变化，我们只好光着桅杆继续前进。我们再也不与海浪抗争了，而是被海浪裹挟着飞速前进。

科迪刚刚在喊，后帆的桅杆也断裂了。

接下来还会发生什么？

晚些时候：

我们决定不再升斜桁帆了，我们放弃了，一来我们的升降索有限，二来我们的桅杆再也承受不住了。我们决定随着海浪一路漂着，漂去爱尔兰。

再晚一些时候：

巨大的恐惧朝我袭来，尽管我也不想这样。这种久违的恐惧，似乎马上要将我吞噬。我很想包揽船上所有让人厌烦的工作，比如甲板上的工作。我总是自告奋勇地想去做这些事情，但是我被困在船舵旁边，什么也干不了。

"苏菲，别以为你能解决那些，掌住舵！"

"苏菲，那有点难。掌住舵。"

掌舵没什么不好，只是面对无边无际的大海，看着船在飞驰，浪花追逐着浪花，我太激动了。

更晚一些时候：

我自告奋勇地想去帮忙把斜桁帆升起来，但多克舅舅却叫了科迪去做，我闹了一阵情绪。

"我知道我没有科迪强壮，但是我会努力做到的！"我大喊道。

多克舅舅面带倦意。"苏菲，掌住舵。"他说。

我站在船舵旁边，独自一人面向海风生着闷气，这时布赖恩走过来对我说："苏菲，不要这么自私。"

"自私？我自私？你究竟在说些什么？"我非常生气，甚至不知道这股怒气从何而来。

"你知道的，这不只是你一个人的事，我们每个人都应该做自己擅长的事，而且每个人都需要听从船长的命令。"他用手拍了拍我的肩膀。

"放弃吧！"

他又拍了拍我："你能上这艘船是因为多克叔叔可怜你，因为你是一个——"

"什么？我是一个什么？"

船摇晃着，他用手推着我，我回手推了他一下，他撞到了栏杆上。船又晃了起来，他很艰难地想抓住栏杆站起来，却滚到了另一边。我双手紧紧握着船舵，愣在原地。

科迪不知道从哪儿冒了出来，一把抓住布赖恩，把他推到船中心的位置，说："'万事通'先生，小心点，系上你的安全背带！"

布赖恩钻进船舱里，科迪用奇怪的眼神瞅了我一眼："你们在说些什么？"

"没什么。"我说。我全身发抖，抖个不停，布赖恩躲着我，我也躲着他。

我感觉自己不是苏菲了，而是一只又笨又蠢的海跳蚤。

第四十二章　战斗

科迪

　　风急浪高，我们好像投入了一场紧张的战斗。待在甲板上让自己保持站立或忙着修理会好过一点，因为一旦你闲下来，躺在船舱里，你会忍不住想，你会就这么死在船上！

　　所以我不想睡觉，我要待在甲板上。

第四十三章　疲惫

苏菲

　　一切都太糟糕了。我们太疲惫了，疲惫到没有精力去记录事情。

　　除了我每个人都哭了。我不会哭的。

第四十四章　儿子

科迪

今天，爸爸告诉我，我是一个好儿子，但是他不是一个好爸爸，他很抱歉。

但是他错了：我其实不是一个好儿子。

第四十五章 孤单

苏菲

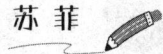

真是糟糕，糟糕透了。这种情形还要持续多久？

刚刚我在掌舵的时候，大家又恰好都在甲板上，我转身看见思图舅舅抱着布赖恩，摩舅舅抱着科迪，而多克舅舅抓着船栏杆，凝视着大海。他在想罗萨莉吗？我真想放开船舵去抱一抱多克舅舅，或者让他抱一下我，但是我不能离开我的岗位。

我们俩都是孤单的。

第四十六章　邦皮在海上

科 迪

　　也许我们闯入了一个被施了魔咒的区域，这里的大海永远都在怒号，风永远都在咆哮。也许我们会一直在这里兜圈子，无法逃脱，最后饿死在这里。

　　今天早些时候，苏菲和我都累瘫在小床上，希望能够睡上一会儿。那时，她说起了另一个有关邦皮的故事。这个故事是这样的：

　　因为年轻的邦皮从未见过大海，所以他决定出发去海边。他拦了一辆顺风车，从肯塔基一路来到弗吉尼亚的海岸，在沙滩上坐了下来。当他第一眼见到大海，他就爱上了大海。他爱大海的一切：大海的味道、大海的声音，还有海风吹拂在脸上的感觉。

他一步步蹚进海水里，海浪一次次把他冲倒，但是他爬起来继续向大海走去，一直走到海水没过他的脖子。然后他仰面漂浮在海上，望着天空，想起了另一片海洋，一片远在英格兰的海洋。他突然意识到在很久很久以前，他还小的时候，他见过这片海洋。是的，然后他意识到，他见过的其实是同一片海，大海从弗吉尼亚一直绵延千里到达了英格兰。也许现在这些把他托起来的海水曾经冲刷过英格兰的海岸，也许这些海水曾经在他还是孩童的时候拍打过他的脸。

最后，他把双脚垂入水里，但是他踩不到水底。他回头朝着海岸望去，才发现自己被海浪带到了离海岸很远的地方。他开始往回游。快一点，再快一点。他告诉自己。但是他离海岸太远了，他太累了。突然，一阵海浪打过来，把他给淹没了。他已经筋疲力尽，不确定自己是不是还有力气继续游。他试着再次漂浮到水面上，休息一会儿，然后再多游一会儿。就这样，他终于回到了岸上。

他躺在沙滩上睡着了。他醒过来后，搭了一辆顺风车回到了肯塔基。

　　你知道接下来的故事：他挨了一顿鞭子，吃到了一些水果派（这回又是苹果的）。

第四十七章 十级狂风

苏菲

大海！大海！大海！海浪一直翻滚着，像要沸腾了一样。我真害怕漫游者号要被海浪吞没了。

多克舅舅说，我们正迎着风速高达五十节的十级狂风。滔天巨浪像一道道高墙一样夜以继日地向我们扑过来，而我们居然还是光着桅杆前进。每隔不到二十分钟，就有一个巨浪拍到我们的船上，海水不断灌进驾驶舱里。我们不断安慰自己，风马上就会平息，但风力一直那么强劲，久久没有减弱。

"鼓起勇气！"多克舅舅在早些时候吼道，"潮水很快会送我们靠岸登陆。[①]" 他这话真是太奇怪了，我们离海岸还有十万八千里呢！他后来解释说，他只是在背诵一位叫作丁尼生的诗人的诗句。

从不晕船的思图舅舅晕船了，他看起来面色蜡黄，十分憔悴。我们几个人轮流代他值班，希望我们不会跟着倒下。

现在是凌晨一点，一道海浪刚刚拍进了驾驶舱里，我正在值班。求求风浪快快平息吧。

[①] 诗句选自英国诗人阿尔弗雷德·丁尼生（Alfred Tennyson，1809—1892）的诗作《食莲人》，飞白译。——译者注

第四十八章 夜晚

科迪

　　会有人发现漂在海里的狗记吗？妈妈会知道我们经历了什么吗？

　　妈妈，我们昨晚试着给你发送消息，想告诉你，我们爱你。

　　如果我的生命可以重来——

　　海上没有白天，只有黑夜。

　　我们必须喊着说话，才能让声音盖过风声被听到，但是我只想说几句悄悄话。我想讲一些美好的事情，但是没有时间，我们一直在与大风抗争。

　　昨晚我梦到了苏菲。今天早上我问多克叔叔，苏菲知不知道她亲生父母的事情。他回答道："在某种程度上，苏菲应该是知道的，但那时她有意识吗？这只有苏菲自己能够回答。"

　　我很好奇为什么没有人聊起这件事，为什么他们不告诉我或者布赖恩。多克叔叔回答道："现在还不是时候。也许应该由苏菲来告诉你们，因为那是她自己的故事。"

第四十九章 旋转

苏菲

凌晨一点，轮到我、科迪和多克舅舅值班。天气似乎开始好转了，希望在我们值班结束，把漫游者号交接给摩舅舅、布赖恩和思图舅舅的时候，大海能够平静一些。

"划破这喧哗的海浪。①"多克舅舅大喊道。

"还是诗歌吗?"我问。

"没错。"他说。

---

① 诗句选自英国诗人阿尔弗雷德·丁尼生（Alfred Tennyson，1809—1892）的诗作《尤利西斯》，飞白译。——译者注

大约过了一个小时，科迪对我喊道："西拉－奥斯卡！尊敬的公主殿下，它在哪里？"

我的脑袋已经麻木，耳朵开始轰鸣。他在说什么？

他扯了扯他的安全背带，又喊了一次："尊敬的公主殿下！"

我想他很可能是想玩些游戏调节一下气氛，所以我很配合地一边拍了拍自己的脑袋，好像脑袋上真戴着一个什么皇冠一样，一边行了一个屈膝礼。

他离开了他的位置，回到甲板下面。他从甲板下返回的时候，手里拿着我的安全背带。噢，他说的是安全背带，我却听成了公主殿下①。我觉得自己太蠢了。科迪帮我系上安全背带，说："苏菲，你得系上安全背带。一定要。"

"噢，"我说，"天气开始转好了，我们会没事的。"

"苏菲，情况不太好。把它系上。"

但是接下来那一个小时，大海真的很平静，风也渐渐停了。我看着科迪在甲板上走动，一会儿忙着修补

① 安全背带（harness）和公主殿下（highness）发音相近。

船帆，一会儿又开始整理绳索。他抓住一个松了的缓冲垫，把它重新装到船帆上。多克舅舅也在甲板的另一边做着同样的事情。他们随着海浪轻轻地摆动，动作从容而优雅，就好像在演一场戏剧，他们所有的动作都是精心编排的。

大约在凌晨三点半的时候，离我们结束值班还有半个小时，风浪又起来了。多克舅舅在驾驶舱里，科迪正在掌舵。我坐在舱口的位置，观察后方追赶着我们的海浪，以便当巨浪来临的时候能够向科迪和多克舅舅发出警告。

看着海浪一波高过一波，我开始感到恐惧和不安，我不是害怕海浪带来的颠簸，而是害怕海浪会越来越大，最终将我们的船掀翻。远远望去，我看见了一道不一样的海浪。那浪非常大，看起来至少有五十英尺那么高，颜色也不像其他海浪那样深。这道巨浪是白色的，纯白色，全都是泡沫，就好像它刚刚被敲碎了。我盯着这道巨浪看了几秒，想要弄明白这道巨浪究竟是怎么回事。等它到达我们身后的时候，那浪越来越大，仍然被泡沫包裹着。

我大喊着向科迪发出警告："科迪！注意后面——"

科迪转过身来，飞快地看了一眼，又转回去，俯下身，以保持身体稳定。

大部分的海浪还没等到达船尾就会在我们身后散开，偶尔会有浪花溅起的泡沫打到驾驶舱的旁边。但是这一道巨浪显然不同，它带着浪卷，一个很大很高的浪卷。我看着它在我们身后越升越高，似乎有上千加仑^①白花花的水，狠狠地将漫游者号吞入其中。

"科迪！多克!"我大喊着。

然后我看到那道大浪就像上百万块砖头落在科迪的头上和肩膀上。我大吸一口气，闭上双眼，捂住我的头。

我感觉自己被卷进了海浪里，身体随着海浪漂动着，旋转着，一会儿被甩到这边，一会儿被甩到那边。我一直在默念"憋气，苏菲"，又担心这口气能不能让自己坚持下去。突然，一股强大的力量推着我，但这股

---

① 加仑：英美计量体积或容积的单位。1 英加仑 = 4.546 升；1 美加仑 = 3.785 升。

推力不像是来自海水，海水应该是轻轻柔柔的。

我不记得自己有没有系安全背带，但我感觉不到自己跟任何东西连在一起。那我是系着还是没系？

我应该已经被冲下船了，我确定。也许我会永远留在水下，旋转着，卷曲着，最后被搅成一团，变成一个小球。这是大海吗？我是不是从船的一边落下，掉进了海里？我是四岁吗？我的脑袋中，有一个小孩在尖叫着："妈妈！爸爸！"

接着，我听到有人在喊："苏菲！"

我一边写着这些事情，一边想着：我要生病了。

第五十章　海浪

苏菲

海浪！海浪！我被海浪冲离遮盖船舱的帆布遮浪篷，直接落到了栏杆旁边的甲板上。我四脚朝天，像一只乌龟一样在空中抓来抓去，想要抓住什么东西。我的第一反应是想尽一切办法在第二个大浪打来前离开这里。我的安全背带还在，它发挥了作用。如果没有安全背带，我会被这个巨浪远远地甩在船后面。

我看见思图舅舅那张蜡黄的脸从主舱口探出来。他就像被人一拳打在了胃部，大张着嘴，眼睛盯着前方。

我当时的唯一想法是：科迪和多克舅舅去了哪里？

思图舅舅抓住我的安全绳，把我往回拖，把我拖过遮浪篷，拖进船舱里。下来后，我重重摔到海图桌上。我的腿上传来一阵剧痛，我想它们很可能都断了。我感到恶心，我的心脏剧烈地跳动着，几乎要跳出我的身体。我的双腿已经无法支撑我了，尽管我只是坐在那里。

我滑落到地板上，水已经淹过地板至少一英尺。我试图集中注意力，看看是不是大家都在船上，是不是每个人都安全无恙，却只看到被冲得到处都是的衣服和食物，最后我看到了思图舅舅、摩舅舅，还有布赖恩。

我在地板上爬来爬去。思图舅舅、摩舅舅、布赖恩都在，是谁不见了？是谁不见了？但是我的大脑无法思考了，不会数数了，也不能集中注意力了。我在漂浮着杂物的水里搜索着，在泡着水的地板上乱抓乱摸。突然，我大叫起来："科迪！多克舅舅！科迪！多克舅舅！"我爬到船后舱，瘫倒在一堆湿衣服上面，大喊："科迪！多克舅舅！科迪！多克舅舅！"

然后，布赖恩爬了过来，蹲在我身边，说："苏菲，他没事。他没事。他在上面。"

"谁在上面？"

"多克叔叔。他没事。"

"那科迪呢？科迪在哪儿？"

我隐约看到有模糊的身影在船上跑来跑去，忙着把船上的积水抽出去。

"苏菲，他没事，"布赖恩说，"他在船上，我看见他了。"

"你的胳膊怎么了？看起来很奇怪。"

布赖恩的左手抱着右手臂。"我猜是撞到了。"

我的大脑不听使唤，还在不停地确认每个人是否都在船上。我不停念叨每个人的名字，起码把每个名字重复了二十多遍。每一遍，我都会告诉自己每个人是在哪个位置：多克舅舅，他在处理应急舱底泵；摩舅舅，他在甲板上固定舱盖；布赖恩，他在这里舀船舱的积水；思图舅舅，他也在舀水。科迪呢？科迪在哪儿？科迪去哪里了？我总是想不起来科迪在哪里，最后我才弄明白：他在甲板上。

后来我看到科迪了，他刚从梯子上下来，脸上沾满了血。海浪的巨大推力使他的头撞到了船舵上，他的鼻子和左边的眉毛处被撞出一道很深的伤口。他急匆匆地从我身边经过，冲向洗手间。

我跟着他，看见他坐在地板上，腿上放着一堆创可贴。他看起来迷茫又无助。

"苏菲?"他说，"帮我一下。"

我赶紧爬到前舱拿了医用急救包，又爬回科迪身边，开始处理他脸上的伤口。我先用干净的水把他脸上的血给洗干净。伤口很深，我用消毒水给伤口消毒时，他痛得缩成一团，然后开始呕吐。

我不停地说："科迪，没事的，没事的。只会痛一下。科迪，没事的。"

我再次清理了伤口，然后在伤口上面放了一层厚厚的纱布，用胶布包扎好。科迪看起来很可怜，但是他的脸暂时得到了救治。我帮他找了一些干衣服，把他扶到床上，为他盖上了羊毛毯。

等到我坐在科迪旁边守着他的时候，我的腿开始一阵阵抽痛。船上的景象就像灾难现场那么恐怖，帆布遮浪篷已经被风掀起，只剩一半留在甲板上，它那被螺丝固定在甲板上的金属框架也已经被风吹散了。驾驶舱的桌子已经散架了，无线电设备不知所踪，连舱口的门也没了。舱外的喇叭，还有我们的桶、一张蓝色椅子、一堆靠垫，通通不见了。

应急淡水水箱的盖子也被风吹落，水全部洒了出来。驾驶舱里的木头颜色似乎都浅了三分，上面满是划痕和裂缝。

甲板下面的东西都被水浸泡了。水像从消防水管里喷出来一样，从舱口涌进舱内，舱内物品无一幸免，都被水冲翻了。在大浪来临之前，辣椒罐里还有半罐辣椒，现在那半罐辣椒早被水冲没了，只剩下半罐海水。

全球定位系统、业余无线电设备、雷达都坏了，煤油灶台也被冲碎了。

我们就像骑着一头公牛，以卵击石一样冲向海浪，被一道道海浪猛烈地冲撞。

第五十一章　跌跌撞撞

科 迪

我们现在只能靠感觉在海上艰难而缓慢地航行。

我完全不在状态，就像我根本不在这儿一样，似乎我正在别处，看着一部怪异的电影。如果我能知道结局就好了。如果我们能够再次上岸，我就能松口气了。但如果我们再也回不到岸上，我们为什么要浪费时间修理船上的设备，说着船上的行话呢？为什么我们不做一些更重要的事情？但更重要的事情又是什么呢？

第五十二章　乱糟糟的

苏菲

大海！大海！大海！大海不断怒吼着，海浪翻滚着，我的内心难以平静。我们所有人都难以平静。

海浪拍打的声音让我们颤抖。当我闭上眼睛，我所看见的只有那道巨大的白色海浪。我听到它低声怒吼，它不断拍打船身，怒吼声更大了。我们都不敢入睡，害怕那道海浪会再次出现。

我们好不容易躺下来，但每一道新海浪带来的小小晃动都会让我们从床上弹起来。我的脑海里总在从不同角度，一遍又一遍地回放那一个场景。

那应该是我出生的时候：我好像正舒服地摇来摇

206

去，突然，一道巨浪向我袭来，让我缩成一团。我被挤到一个狭小的空间里，和我连在一起的只有一条红色的绳子。我非常无助，背上已经湿透了，然后一只大大的手把我拖走了。我不会说话，只能低声呻吟。

舱盖已经修好了，船舱里的大部分积水也被抽走了。科迪又爬上甲板守着舱盖。摩舅舅也晕船了，他和思图舅舅现在都可怜兮兮的。布赖恩的胳膊扭伤了，多克舅舅的背拉伤了，我们像一群残兵败将。

我的右腿还在抽痛，这种疼痛从膝盖周围一直蔓延到大腿后侧。不过我另外一条腿的情况还算好，只是踝关节处扭伤了，有些酸痛。还有，我后脑勺上鼓起了一个大包。除此之外，我的身体各部分还是完整的。

不过，我的内心已经支离破碎了。这种感觉很奇怪，很复杂，很混乱。有时候，我感觉哪怕船只是轻轻晃动一下，或者船只是突然加速一下，都能把我震成无数碎片，一片一片飘落到大海中。

安全背带就在我身边，那个小小的不锈钢钩子救了我一命，而另外一个一模一样的金属钩子拯救了多克舅舅和科迪。到目前为止情况是这样。

科迪脸上的伤口看起来还是那么恐怖，但昨天他终于清醒了，还问我有没有做些什么派。

我一开始不理解，然后他解释："你知道的，像邦皮一样。他每次幸存下来都会得到一些苹果派。"

"他还得到了一顿鞭子。"我说。我以为科迪会大笑，但是他没有，他说："你觉得他爸爸会后悔抽过他鞭子吗？"我没有正面回答他的问题，而是说起了关于邦皮的另一个故事，这个故事或许能给他答案。

第五十三章　邦皮和父亲

科　迪

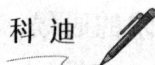

在我撞到头稍微清醒之后，苏菲给我讲了邦皮的另一个故事。这个故事和其他故事都不一样。邦皮既没有掉入水里，也没有进行其他冒险活动。故事是这样的：

邦皮的爸爸年事已高，他病得很重，邦皮去看望他。一连三周，邦皮每天都守在他爸爸的床边。

第一周，邦皮坐在那儿，生他爸爸的气，几乎没跟他爸爸说一句话。第二周，邦皮更生气了，他坐在那儿，不断地提起他爸爸曾经用鞭子抽他的事情。

"还记得我掉下桥差点被淹死在俄亥俄河的那件事吗？还记得你用鞭子抽我的事吗？"邦皮问，"还记得我在河里翻车，回到家后，你用鞭子把我抽得青一块紫一块的事吗?"邦皮一直说，一直说，但他爸爸只是躺在那儿向他眨眼睛。

到了第三周，邦皮不再说话，他只是看着他爸爸。他看了看爸爸的手和脚、爸爸的胳膊和大腿、爸爸的脸，摸了摸爸爸的额头和脸蛋。接着，邦皮离开了医院。第二天再来医院的时候，他对他爸爸说:"看，我给你带来了什么? 一个苹果派!"

他爸爸哭了，邦皮也哭了。

苏菲的故事讲完了，我也想给她讲一个故事。但是我想不到说什么。

第五十四章　修理师

苏 菲

　　科迪的脸看起来还是很糟，不过好在他的其他身体部位都没什么问题。但是，他变得冷静又严肃，似乎想把之前浪费的时间都补回来。他就像一个特立独行的修理师，一心扑在需要修理的物件上，只想着怎么修好它们。

　　我们其他人基本只能工作那么一会儿，但是科迪没有停下来，甚至都不睡觉。大家都想让科迪或者我来掌舵，因为我们好像找到了随着海浪节奏前行的方法。他们说，我们俩掌舵的时候，漫游者号行驶得更平缓一些。但是我不能在那儿站太久，因为我的腿还是疼得厉害。

现在每个人都对科迪心存感激。虽然我没听谁说过感激的话，但我知道大家是真的很感激他。也许大家对我也心存感激，但是现在好像没有必要去纠结这些事情了。

多克舅舅已经宣布全球定位系统、业余无线电设备和雷达全部都坏了，我们不知道船开到了哪里，也没人知道我们的位置，所以即使再绝望，我们也无法求救。

我们还是光着桅杆前进，祈祷风浪能够平息！与此同时，只要我们醒着，我们都在尽全力收拾残局。没什么人说话，我们比之前安静了很多，大家只想着"活着"这一个问题，但生死之间的那条线却是那么地纤细，仿佛一碰就断。

第五十五章　湿漉漉

科 迪

　　湿漉漉！湿漉漉！湿漉漉！几乎所有的东西都被浸湿了！只剩前舱还有些区域没有进水，所以我们都挤在那儿，以便能够睡上几个小时。

　　苏菲的腿还在一阵阵抽痛，好在并没有影响她走路。她非常紧张不安，但还是在尽力控制自己。

　　我们都劳累不堪。布赖恩几分钟前说："我的老天爷啊！哈哈！"他应该是想逗大家笑一笑。

　　我们重新拉上了帆，全速前行。我和苏菲收了主帆，在后桅杆上挂上了斜桁帆。漫游者号看起来有些奇怪，但不管怎么说，我们还是在前进。我们在努力让帆船恢复往日的活力，帆布遮浪篷被装回了原来的位置，热水器被修好了，被我的头撞歪了的船舵也被修好了。

我们也许能够到达终点。

第五十六章　有用的人

苏菲

我们的全球定位系统，用多克舅舅的话来说，是"彻底完蛋了"，所以我们尝试用六分仪来导航。布赖恩和思图舅舅是唯一熟悉六分仪的两位，我听到了科迪由衷的赞美："真高兴你们居然知道怎么用那个东西。"

布赖恩和思图舅舅抬头朝着科迪笑了笑，居然没有说任何傲慢的话。

科迪走过来坐在我旁边。"你知道吗？"他说，"也许所有人都希望自己成为有用的人。"他在我的每根鞋带上系了一个绳尾结。"并且希望有人能注意到这一点。"他又补充了一句。

"科迪，你是一个有用的人。"我说。

"西拉－奥斯卡，你也是。"他说。

经过那次大浪后，我值班的时候总会出现各种状况。按说现在的海浪比之前的小多了，但是我依然特别害怕，我不断地回头看，生怕哪一朵带着零星泡沫的浪花又是那次海浪所幻化的。

我们在大马南岛上捕龙虾、挖蛤蜊，到伍德群岛游玩的事情好像有一百年那么久远了。那时候，我们着急出发，完全没想到有什么凶险在等待着我们。

我觉得我需要从头再来，才有可能重新喜欢上航海，因为我现在讨厌航海。我这会儿只想见邦皮，只想忘掉大海！

但是我们还没有到邦皮那里，我们还在茫茫大海上！

我感觉自己本来好好地藏在内心深处的那些东西已经藏不住了，它们就像是藏在漫游者号甲板下面的底舱，当海浪把船板掀开以后，被藏起的这些东西散落四处，我不知道要把它们藏到哪里更合适。

　　聪明的科迪发现了一艘加拿大军舰并跟他们取得了联系，他们帮忙确定了我们的位置，我们现在已经靠近航道了。如果我们每天至少能遇上一艘船，科迪就能够使用高频航海对讲机联系他们，询问他们的位置。

　　我们离爱尔兰还有五百英里，不到一周的行程，如果幸运，我们就能去英格兰了。

　　啊，邦皮！

第五十七章　想

苏菲

　　我在想着邦皮。我终于要见到邦皮了。但为什么我
如此害怕？

第五十八章　小孩：推拉

科 迪

我睡觉的时候梦到了苏菲。在梦里，她正在用无线电代码说话，而我正在尝试翻译她说的内容，但是我写下来的只是一堆毫无意义的文字。她的声音越来越大，我越写越快，但是我还是看不懂我写下来的文字。

昨天，苏菲跟我说了另外一个故事，这个故事与邦皮无关。我问她还记不记得小时候的事情。

她说："为什么你们总问我这个问题？"我以为她会扭头离开，然而她又开始跟我讲那个小孩的故事。故事是这样的：

有一个小孩。这个小孩不知道发生了什么，她只是又冷又饿，感到害怕，她想要她的爸爸妈妈。大家告诉那个小孩，她的爸爸妈妈已经去了天上，一个又漂亮又温暖的地方，那里充满阳光，没有烦恼和悲伤。可是这个小孩很伤心，为什么爸爸妈妈不带上他们的孩子一起去那个美丽的地方呢？

无论到哪里，这个小孩都会被人问起，是否还记得去了那个美丽地方的爸爸妈妈。但是这个小孩不想记起这件伤心的事情。这个小孩每天都过得很充实，只想过好此时此刻的生活，关注现在和未来。她只想注视眼前的地平线，而不是回忆那些已经被她抛之脑后的事情。

但是无论这个小孩想要什么，有些事情总会推着她朝前走，但有些事情又在拉着她往回走。

苏菲的故事讲完了，我不知道如何回应。我能想到的只有："你就不希望我们能吃上派吗？"

她回答："期待。"

从此以后，她变得非常安静，就好像她在聆听谁说话，或者在听着只有她能听到的声音。有时候，她和我站得非常近，好像希望我能够帮她说出她的心声。于

是，我又感觉自己是在梦里了，因为我不知道她想要我
为她说些什么。

第五十九章　新的梦境

苏菲

你会发现摩舅舅正在努力对科迪更好一些。他不再对着科迪大吼大叫，也不再喊科迪笨蛋了。但科迪对这一切反倒有些不适应了。他盯着他爸爸，像是在研究他这是怎么了。

科迪的脸看起来好多了。我们找到了缝合线，这样可以更好地缝合他眉毛和鼻子上面的伤口。当我们到达英格兰的时候，科迪可以去看医生，检查伤口。思图舅舅说布赖恩应该去检查一下他的胳膊，我也应该检查一下我的腿。但是我的腿好多了，没有那么痛了，只是膝盖周围还有一片青紫，非常难看。

　　思图舅舅很有意思，你本觉得他有更多需要担忧的事情，但是现在他反而看起来更冷静、更温和了。

　　思图舅舅在询问我的腿伤时说："为人父母的感觉很奇怪，你感觉自己对一切事情都负有责任，你是那么想保护你的孩子，不停地替他们担心，但有时候你越关心事情就越乱。所以有时候你应该意识到，你不需要掌控那么多的事情，只需要希望他们一切都好就行了。"

　　他瞥了布赖恩一眼，布赖恩正在小厨房里面列清单。"有时候，"思图舅舅接着说，"你得放手，祈祷孩子们自己变得更好。"

　　我能理解他所说的话，但我不知道孩子们是否真的都会变得更好。有时候面对你无法掌控的事情，你没有选择，你只能放手，也许你甚至得对你的父母放手。我的脑袋一片混乱，我好像什么事情都理解不了，甚至不清楚我究竟在哪里，为什么在那里。

　　又轮到科迪和我一起值班了，我们开始谈论所发生的事情。我不知道其他人是否理解那次大浪对我们的影响，因为除了多克舅舅，他们都没有见到或者感受到它是怎样向我们发威的，那简直就像用胡桃夹子夹开坚果一样。

我不断回想着那个关于海浪的梦境。特别怪异的
是，在梦境中，那些浪花真的就和上次那阵海浪一样，
简直一模一样：一样的高度，一样的形状。唯一的不同
点是，在我的梦境中，那些海浪是黑色的，而上次的海
浪是白色的。

在我的梦境中，我总是在陆地上，通常都是在海滩
上玩耍。我记得在其中的一个梦里，当我看到远处涌来
的海浪时，我开始堆沙包，想筑成一道堤坝。我无法忘
却那种感觉，所有梦境中的海浪都对应着上次我们所遇
到的那阵海浪。

现在我开始做新的梦，更糟糕的梦。在这些梦境之
中，我不是在陆地上，而是在船上。然后海浪来了，把
我卷进海里，冲到非常遥远的地方。当我从梦境中醒
来，我感觉我还漂浮着，在大海的深处漂浮着。

我不断地想着我的愿望清单，那些马上要做的事
情。我想要学织布，制造一架自己的织布机，像妈妈一
样织丝绸。我想乘坐热气球，想跳伞，想去阿巴拉契亚
山脉远足。我想在山地骑行几千英里，想沿着长河划独

木舟，然后在沿途露营。我想爬山，想在海岛上建造一座小木屋，就像大马南岛上那位带着狗的女士一样。我还想带上其他人，邦皮、科迪、多克舅舅、我的父母，布赖恩和思图舅舅也可以一起来。

也许当我们到达爱尔兰的时候，航海会再次回到我的愿望清单上。海豚今天又出现了，它们跳跃着，翻滚着，它们让我觉得开心。也许这就像是一种邀请：

苏菲，来呀。苏菲，来海里玩呀。

科迪认为我们在第一段旅程中积累了能量，我们变得越来越强壮，能量越来越多。所以当我们被海浪袭击的时候，这股能量形成了保护层，围绕着我们，保护着我们。这些话和这些天发生的事情一样有意义。

科迪说："你知道吗？当海浪袭来的时候，当海水拍打在我身上的时候，你知道我在想什么吗？我想到了邦皮——"

"我也是！"我说道。如果科迪不说，我都已经忘了这件事。"在海浪中，当我被水淹没的时候，我想到了邦皮在水中挣扎的场景，他在河流中，在海水中——"

"我也是！是不是很奇怪？"科迪说，"你知道我被水完全淹没的时候，我对自己说了什么吗？我说'加油，加油！'"

"我也是！这太奇怪了。"

"也许我们都昏头了。"科迪说。

昨晚，科迪和我展开了一次非常严肃的关于生命的谈话。我们以为人是不会死的，只是不停地活着，留下一个又一个的平行空间。当你的生命走到尽头，你在某个空间里死去了，对其他和你待在同一个空间的人而言，你已经死去，但是你——你身体里的那个你，其实仍然存在着。你一如既往地活着，就像侥幸生还一般。也许我们不是只有一个"自己"，而是有无数个"自己"，分别生活在上百万个不同的平行空间里。就好像一条线分出了支线，支线又分出新的支线，这个过程不断进行，但总归是有一条主线。

想得太多让我的头开始痛起来，这时，科迪说："夜晚的大海总是容易让人们想一些奇怪的事情。我们不要再想了，我们来玩杂耍吧。"

于是我们开始玩杂耍，拿着湿袜子抛来抛去。

第六十章　问题

科迪

　　爸爸不再朝我大吼大叫了，他不停地问我"还好吗"。我本来想和他说话，但是我不知道怎么说，也不知道说些什么。

　　我好奇的是这个：你没有意识到时间在流逝，你也没有意识到自己在变化，但是突然之间，你发觉，你今天的想法与昨天完全不同了，你这个人也与昨天，或者上周，或者上一个月，完全不同了，这是为什么？

　　我感觉过去的自己活得稀里糊涂的，我希望自己能够像苏菲一样问问题，我希望能够了解更多的事情。但尽管我想这样做，我也不知道怎么才能变成一个爱问问题的人和一个懂得更多的人。

尽管从我出生起，我每天都能见到我的爸爸，但是突然之间，他好像变成了一个完完全全的陌生人。我其实根本不了解他，我不知道他在哪儿出生，不知道他做什么工作，更不知道他前额的疤痕是怎么来的。

我们快要到达爱尔兰了，每个人都在谈论这件事，但是我感觉很奇怪，好像我们并不是真正要到达那里一样，或者我还没有做好准备去那儿。如果我们真的见到了邦皮，苏菲会怎么样呢？也许这是我不想到达爱尔兰的部分原因。我为苏菲感到担心。

我一直好奇苏菲是从哪儿知道这么多邦皮的故事的，这些真是邦皮的故事吗？如果这些故事是真的，邦皮是不是只告诉过苏菲他在水中挣扎的事情？如果他只告诉了苏菲，他为什么这么做呢？

后来，我想起一个邦皮的故事，这个故事和水无关。这个故事是关于他爸爸临死的故事。昨晚，我梦到邦皮对我说这个故事。当我醒来的时候，我去找我爸爸，他正躺在床上。我用手不停地戳他，直到他醒来。

"我只是检查一下。"我说。

第六篇　上岸

伴随那些痛苦的事情而来的，
是值得回忆的幸福的事情，
也许她感到自己寻回了失去的过往。

第六十一章　啊嘿！啊嘿！

苏菲

前一天晚上的后半夜是我和科迪、多克舅舅值班，天快亮的时候，科迪喊道："看那儿——啊嘿！"

我凝视着黑乎乎的大海，问："什么？在哪儿？"

"那儿——看见那个黑乎乎的东西了吗？"

我们都盯着科迪口中那个黑乎乎的东西，直到我们发现那不过是一团低空云。

半小时过后，科迪又大喊道："啊嘿！"

"哪儿？"

"那儿——灯光！"

"你是说那些移动的灯——船上的灯吗？"

"稀稀疏疏的灯光。"他说。

过了一会儿，就在破晓之前，在蓝灰色的云团之间，一个深色的物体出现在了海平面。

"啊嘿！啊嘿！啊嘿！"科迪大喊，"啊嘿！看到了吗？"

那是一座山。陆地，陆地哟！

"啊，山，"科迪唱起来，"啊，我美丽的山！"

陆地！陆地！陆地！啊，是带来一切好运的陆地！啊，美丽的陆地！

我们赶紧叫醒其他人。几个小时后，我们就开始沿着爱尔兰南部的海岸线航行了。不再需要依靠指南针，而是沿着海岸线来调整航向，这实在让人松了一口气。啊，陆地！

多克舅舅的状态很好。他站在栏杆旁边，朗诵着《古舟子咏》①中的诗句：

"是真亦是幻？灯塔凝远方。

---

① 《古舟子咏》：英国诗人塞缪尔·泰勒·柯勒律治（Samuel Taylor Coleridge, 1772—1834）代表作。——译者注

山丘拥大堂，岂是还家香？"①

我请多克舅舅重新朗诵一遍，我好写下来。他提醒我说，"家乡"的"乡"字这里用的是"香"。我喜欢这个改动，我还问他，"大堂"又是什么。他说是教堂。果然，从我们所站的位置望去就能看到一座灯塔和一座教堂。

我们和多克舅舅一起又朗诵了一遍这首诗，当我们朗诵完毕，科迪喊了一声："啊，罗萨莉！"

多克舅舅问："你为什么喊这个？"

科迪说："我不知道，我只是觉得正好合适。"

我们沿着西南海岸线一路前行，现在已经靠近克罗斯黑文了。天气很舒适，阳光比此前任何时候都要灿烂，它照在爱尔兰的岩石峭壁上，照在一块块的绿地上。

———————————

① 节选自《古舟子咏》，译者不详，根据原文谐音，译文有更改。——译者注

　　我们的船驶过了老旧的城堡和农场。奶牛正在吃草。远处的车，看上去小小的，正在慢慢前移。我想要给这艘摇摇晃晃的船加足马力，让它一鼓作气冲向海岸。

　　就在这时，思图舅舅和摩舅舅吵了起来，吵架的声音甚至盖过了船上其他轰隆隆的声音。

第六十二章 上岸

科迪

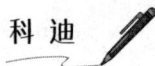

我们上岸啦！我们终于活着上岸啦！

当我们发现陆地的时候，看到树木葱茏、车来车往的土地，我还以为自己产生了幻觉。

我们差一点就进不了海港了，因为我爸爸和思图叔叔之间发生了激烈的争吵。事情是这样的：思图叔叔问该派谁留下修理漫游者号，剩下的人是否应该租车前往邦皮那儿，这样就不用等漫游者号修好再起航去英格兰了。

他们一边争论着这件事，一边吵着究竟该选择哪个大人留在船上。接着，思图叔叔说，苏菲也应该留下，她不应该去邦皮那儿。布赖恩同意思图叔叔的说法。他们正吵得热火朝天的时候，苏菲从甲板下走上来，说："我要去邦皮那儿，就这么定了。"

真是一团糟！

我们试着给妈妈打电话，但是无人接听。

后来苏菲也试着给她的父母打电话，无人接听。

再后来，思图叔叔试着给他的妻子打电话，电话没人接，被转到自动留言，于是他留言告诉婶婶，我们到达目的地了。

我不敢相信，大家都不在家，我以为他们都会等在电话旁。但是多克叔叔说："他们不知道我们什么时候可以靠岸，可能是三天前，也可能是下周，还可能是——"我猜，他是对的。但不管怎么说，如果有一个熟悉的声音来庆祝我们的胜利到达会让人感觉好很多。

苏菲有些害怕。"他们去哪里了？"她一遍又一遍地问。

现在，我们正摇摇晃晃地努力适应重新在陆地上走路。我爸爸去租车了，我们将从这儿开车去往英格兰，我们还是不知道谁会留下。

　　但是我们上岸啦！我们活着上岸啦！

第六十三章　话匣子打开了

苏菲

等我们上岸了，我就不打算再写航海日记了，但是科迪说他还要写他的狗记。他说旅程没结束，狗记还得记。

昨天下午，漫游者号停靠在码头后，我们从船里跌跌撞撞走到岸上。真是奇怪啊！我们看起来非常蠢笨，走起路来摇摇晃晃的，陆地好像在我们脚下旋转，我们居然没办法保持直立。这是我第一次感到晕船——却是在陆地上！

我们走进一家小酒馆，点了各式各样的食物：一大盘主食，各种炖菜，大块的、刚刚烘焙好的面包，还有新鲜的果蔬。吃饭的时候竟然不需要捧着盘子了，竟然还可以边吃边喝了，这感觉真是奇妙！

大家都疯狂地找人聊天，任何人，只要他或她愿意听我们说。我环顾四周，发现我们每个人都在和不同的陌生人聊天，讲述着我们各自的故事。

"你真该去看看那次的风暴——"

"我们的桅杆都断了——"

"海浪像一座座山——"

"雷达坏了，所有的东西——"

"我以为我们快死掉了——"

"把我的脸砸了一个口子——"

"那风——你完全无法想象——那声音——"

"喱——"

"呜——"

"砰——"

我们打开了话匣子。陌生的听众也不停地对着我们点头，讲出自己的故事。

"大海是个魔鬼——"

"它是一个奇怪的生物——"

"我舅舅就在那儿被淹死的——"

"九二年那会儿有十七艘船消失了——"

"看见这条腿了吗？假肢。大海把我那条真腿夺走了——"

我们就这样一直聊了好几个小时，把我们心中的话一股脑倒了出来。在某个瞬间，我甚至怀疑这些陌生人是不是真的关心我们所说的这些事，如果他们真的关心，为什么我们那么迫不及待地讲我们的故事，而他们为什么也那么迫切地讲他们的故事？

在这期间，我觉察到科迪正看着我，在听我讲故事，仿佛我说了什么奇怪的话一样。我也想听自己说了些什么，但是我忙着诉说自己的故事和聆听他人的故事，无法再分散出更多的精力。

窗外的光越来越暗，我们和这群陌生人似乎也越来越熟悉。他们告诉我们晚上该去哪儿找地方住宿，还跟随我们来到漫游者号，然后带着遗憾的神情朝着多克舅舅的"宝宝"摇了摇头。他们帮我们把湿衣服从船上拖到山上的旅馆里，并祝福我们能在爱尔兰的土地上度过一个祥和平静的夜晚。

　　我做了个奇怪的梦，梦里人来人往：有来自马撒葡萄园岛的乔伊，他是多克舅舅的朋友；有来自大马南岛的弗兰克一家人；有带着狗的那位女士；有多克舅舅的罗萨莉；还有爱尔兰的陌生人。我们穿行在这些人之间，有科迪、多克舅舅、思图舅舅、摩舅舅和布赖恩，当然还有我。还有另外一些人，他们看起来很熟悉，似乎认识我，但是在我认出他们是谁之前，他们就消失在了人群中。

第六十四章　全新的身体

科迪

天都快亮了，但我还是无法入睡。一切事物的味道和感觉都不一样了。不再摇晃，不再滚动，也没有风。我们住在山顶的爱尔兰小旅馆里，从窗户往外望去，我可以看见海港，我还认出了在那里随波摇摆的漫游者号。

昨天是奇怪的一天。我感觉自己拥有了一个全新的身体，而这个新的身体不知道如何正常地行动。它走起路来很滑稽，不停地撞向各种东西；它想碰触的东西也奇奇怪怪：地板、枕头，还有干毛巾。

我们昨晚都热情高涨，不停地说啊说，就好像刚刚学会说话。我从来没有听苏菲说过那么多话。一开始，我讲了很多关于自己的事情，没有听其他人的故事。接着，我听到布赖恩说："大浪来的时候我正在呼呼大睡，我以为我要死掉了！我长这么大从来没有如此害怕过！我感觉自己就像是肉禽市场里的弱小无助的小鸡。"他不停地敲打着桌子，还用手卡住自己的喉咙。我不知道，他竟然能把一个令人恐惧的事情说得那么有趣，这真令我惊讶。

后来，我又听到苏菲对着一个人说："是的，他们都是我的表兄。"她用手指了指我和布赖恩，继续说："我们从很小的时候就开始计划这次旅行了——"

我想要纠正她，然后我发现她在自己的故事里穿插了我爸爸、思图叔叔，还有多克叔叔的故事。

"布赖恩认为我们不会付诸实践，"她说，"但是我一直知道，我们会这么做。"

后来，她又说起那次大浪，说起海浪怎么在我们的船后面越升越高。"海浪又黑又高——"

其实那次的浪是白色的。

第六十五章 内心的拉扯

苏菲

　　我、科迪、布赖恩、摩舅舅、思图舅舅和多克舅舅，我们驱车去往邦皮家。多克舅舅找到人去帮忙修理漫游者号了，所以我们几个可以一起驱车去邦皮家。这是一场激烈的争吵之后的妥协。现在每个人都敏感易怒，几乎不多说一句话。多克舅舅非常失望，因为我们不能驾驶漫游者号沿着爱尔兰海岸线行驶，他本想在其中一个海边小镇停靠下来去拜访他的朋友。最终，他得到了另外两位舅舅的同意，我们可以开车到那个朋友那里短暂停留。

　　"但我们不能待太久！"思图舅舅说。

"我们可不会在那儿停留一周或更长时间。"摩舅舅说。

昨天晚上，小旅馆的电话不能用，所以我们还没有打电话回家。这让我紧张不安，大家究竟去哪里了？我真希望多克舅舅的朋友家里有电话。

我们像沙丁鱼一样挤在一辆车里，在这样的情形下，写日记是不容易的，因为布赖恩的眼睛一直越过我的肩膀，想看我在写什么。思图舅舅在开车，我们能活着到达目的地真是件幸运的事。我们在狭窄的道路上横冲直撞，思图舅舅总是忘记我们需要靠左行驶。因此，我们已经吓走了一大群羊和一对农民夫妇。

这里的一切都那么美丽：大地一片绿色，山崖俯瞰着大海。我们乘着船在海上颠簸真的只是几天前的事吗？我希望每个人的心情都能舒缓一些，这样我们可以停下来，逛逛几个小镇，但是舅舅们好像目标坚定。他们好像已经把目标定好了：快速拜访一下多克舅舅的朋友，然后继续前往邦皮家。

我感觉内心一阵拉扯：我渴望见到邦皮，但是我也害怕见到邦皮。

第六十六章　拜访者

苏菲

真是奇迹中的奇迹！

我们开车沿着爱尔兰海岸线进了一个小小的村庄。开过一条狭窄的巷子后，我们在一间小小的屋子外面停了下来。多克舅舅走向小屋的门，门打开的时候，多克舅舅手捂着胸口，几乎是踉跄着后退了几步。

我们像一群傻瓜一样从车窗里探出脑袋，想找个更好的位置看清楚到底发生了什么事情。接着，多克舅舅拥抱了一位穿着黄色裙子的人，我们听见他说："啊！罗萨莉！"

"罗萨莉？"我们都很惊讶，"罗萨莉？"

　　然后，我们冲下车，多克舅舅松开了罗萨莉，让我们能够看清楚她的样子。我从来没有见过这样一张甜美的脸，大大的眼睛，笑起来的时候仿佛有世界上最美的笑容，不过也许多克舅舅的笑容更胜一筹，那是整个宇宙中最美的笑容。

第六十七章　电话

科迪

我们奇怪的生活真是变得越来越奇怪了。

昨天，多克叔叔遇到了他生命中最大的惊喜，他竟然在爱尔兰，他的朋友，同时也是罗萨莉的朋友家中遇到了罗萨莉。我想我们已经没法将这两个人分开了。

多克叔叔的朋友允许我们使用他家的电话，所以我们给家里所有人都打了电话。在大海的两岸，所有人都在欢呼雀跃，大笑大叫，直到最后筋疲力尽，跌坐在地板上。

苏菲不停地说："我不敢想象。我以为我再也听不到他们的声音了。我不是在做梦吧？他们刚刚接了我的电话，对吧？"

当天唯一不好的消息是，苏菲的妈妈说邦皮不太舒服。如果不是今天接到我们的电话，得知我们已经离邦皮不远了，她会搭明天的飞机，自己去看邦皮。

于是，我们匆匆忙忙地，想尽快赶往邦皮家。但是多克叔叔不想离开罗萨莉，最终他是被我们拖出门的。而多克叔叔最后之所以愿意离开，是因为罗萨莉向他保证几天后会到邦皮家来看他。

一回到车里，每个人都开始嚷嚷："罗萨莉！啊，罗萨莉！"多克叔叔的脸唰地红了，但是他太开心了，并不介意我们取笑他。

我们正坐着渡轮穿越爱尔兰海，朝着威尔士航行。我不停地寻找船帆，总觉得自己应该做点什么。我敢说，没有谁愿意这么早又回到船上。

"难道没有桥吗？"我爸爸一直在问，"你确定没有一座桥能通到威尔士去吗？"

"笨蛋。"思图叔叔说。

"别和我争辩。"我爸爸警告他说。

布赖恩一直在烦扰苏菲，他说:"你认为邦皮能够认出'我们'吗?"

"当然，他能认出我们。"苏菲说。

"我们每个人吗?"

"当然。"苏菲说。

但是，现在布赖恩烦扰苏菲的方式有些不一样了，他没有从前那么刻薄了。他像是努力想理解她的意思，也替她担心着。布赖恩喜欢真理、事实还有清单，我想他一定因苏菲而感到烦恼，因为苏菲看待世界的方式与他不同。

布赖恩一直追问我，苏菲到底出了什么事，等我们到达邦皮家的时候会发生什么。我告诉他我既不会读心术，也不会占卜术。

第六十八章 威尔士

苏菲

我们继续向威尔士驶去。这里的乡村郁郁葱葱，令人向往。但是我很难适应汽车、汽车引擎发出的噪声和汽车行驶的速度。我希望能够多停留一会儿，透过那些房屋的窗户看一看屋子里的情形，听一听人们的闲谈。他们每天做些什么？哪些人住在这些屋子里呢？

但是我们现在必须马不停蹄地奔向邦皮家，因为他不太舒服，每个人都很担心他。我几乎要被吓死了，此前，我害怕见到邦皮，害怕去想见面意味着什么，而现在，我害怕当我们到那儿的时候，他已经去世了，那会多糟糕啊。

　　我们现在在村里的一家小旅馆住了下来，整个村子黑黢黢、静悄悄的，我好想下楼去听听人们的闲谈。

第六十九章　小女孩

科迪

我们快速穿过威尔士。天哪，苏菲真的很喜欢威尔士！她不停地说："你们想不想住在这里？住在这个村庄里好不好？我们会去哪儿上学？我们早餐时会吃些什么？你们觉得那边那间小房子里住了什么人？"

但是，昨晚特别奇怪。我们都在小旅馆的楼下等待苏菲下楼来一起吃晚餐，布赖恩正缠着多克叔叔，让他跟我们说说关于苏菲亲生父母的事情。

"我们有权利知道。"布赖恩坚持说。

"我不知道那些事。"多克叔叔说。

"发生了什么事？"思图叔叔说，"没有人告诉过我任何事情。"

布赖恩说："为什么每次提起她的父母她都在说谎？姑姑姑父不是她的父母。为什么她要在邦皮的事情上说谎。我要直接问她说谎的理由。"

"苏菲没有说谎。"多克叔叔说道。

"她就是说谎了。"布赖恩说。

多克叔叔说："听着，我来告诉你发生了什么。我和你讲一个故事——"

"我不想听故事，"布赖恩说，"我想知道真相。"

"你听着，"多克叔叔说，"从前有一个小孩，她和父母一起住在海边。他们有一个温馨的小家庭，爸爸妈妈都很爱这个小孩。但是，发生了一件事，爸爸妈妈，也就是那对父母去世了，然后——"

我的脑袋像是被一团噼啪作响的烟花轰炸了。"等等！"我说，"然后，每个人都告诉小女孩，她的父母到天上去了？"

"嗯，我不是很清楚。"多克叔叔说。

我继续说道："每个人都说天上是一个怎样美好的地方，没有烦恼，没有苦闷，但是小女孩却因此感到悲伤。她的父母离开了，去了这个美好的地方，却把她抛下了。"

"嗯，我不是很清楚。"多克叔叔说，"我只知道这个小女孩后来住到——"

"等等，"我说，"住到她外公那里了？她和她的外公生活了一段时间，对吗？"

"没错，"多克叔叔说，"但是她只和她的外公生活了很短的一段时间，她外公过世以后，她去了她的姨妈家，但是她的姨妈——"

"她的姨妈不想留下这个女孩，对吗？"我问，"所以小女孩去了一个寄养家庭之类的地方，然后去了一家又一家。没有人愿意留下她，所以她在许多地方住过，对吗？"

"没错。"多克叔叔说。

"究竟发生了什么？"布赖恩问，"科迪，你怎么会知道这些事情？"

"为什么从来没人对我说过这些？"思图叔叔问道。

"所以，"我说，"那个小女孩最终还是被人收养了，对吗？"

"没错。"多克叔叔说。

"而现在，"我讲得很快，"而现在，她太希望被那家人接纳，她想让自己相信，她真的是那个家庭的一部分，那是她唯一的家。他们选择了她，他们爱她，不能没有她。"

我正说到这里，苏菲走了进来，我们都盯着她。布赖恩把脸埋在手里，说："啊，啊！"思图叔叔也说："啊，天哪，从来没有人告诉过我这件事！"

接着，我们吃了晚餐。

我吃不下晚餐，总是看着苏菲，这个崭新的苏菲，其他人也看着她。终于，她放下叉子，说："为什么大家都盯着我，就像见了鬼一样？"

多克叔叔说："苏菲，你今晚看起来很特别，仅此而已。"她低着头，我看到一滴眼泪从她脸颊滑过，掉进她的餐盘里。

我们刚刚跨过了塞文河（那儿有一架桥！没有渡轮！），在踏入英格兰的那一刻，爸爸和多克叔叔都哭了。苏菲问他们怎么了，多克叔叔只是喊着"英格兰！英格兰！"，没有给出确切的答案。

苏菲继续问："英格兰怎么了？"

爸爸回答："我们的父亲是在这里出生的。"

"我知道。"苏菲说。

"那你们为什么要哭呢?"布赖恩问。

"我们的父亲,邦皮,出生在这里。"爸爸转向思图叔叔,"你知道我在说什么吗? 邦皮出生在这里。"

思图叔叔正在开着车,说:"我得集中注意力。我们现在要去哪儿? 谁有地图?"

爸爸转向多克叔叔,说:"多克,你来解释。我的情绪有些不受控制——"

"没问题,"多克叔叔说,"我知道你的意思。我们的父亲就是在这个国家出生的,这就好像我们的某一部分也属于这里。没有这里,就没有我们。"

接着,他们都沉默了,眼睛盯着外面的乡村风景。

"设想一下,"苏菲说,"假如邦皮和他的父母没去美国的话,你们都应该会在英格兰长大,你们就不是美国人,而这里就是你们的家乡。"

爸爸点了点头:"我就是这么想的。"

布赖恩说:"如果邦皮在这儿长大,也许他就不会和他后来的结婚对象结婚,也就不会有你们了。或者,即使有你们，你们也会在这里长大，那么你们就不会和现在的妻子结婚，也就不会有我和科迪了——"

苏菲悄悄地问："那会有我吗？"

所有人都看着她，然后默不作声地转头，去看窗外的乡村风景。这时候，布赖恩异常冷静地说道："这是个世纪难题。"

苏菲把头倚靠在车窗上，闭上了双眼。我想，她睡着了。

布赖恩刚刚悄悄对我说："那些有关邦皮的故事是怎么回事？她怎么知道邦皮的故事？那些故事是她编的吗？"

"我不知道。"我回答道。我在想着苏菲的其他事情，我所不了解的那些事情。我想知道她的亲生父母是怎样去世的。他们是得了很严重的疾病吗？他们是同时去世的还是一个一个去世的？如果是一个一个去世的，谁先去世的呢？苏菲是怎么想的？她有什么感觉？

我好奇苏菲梦到了什么。

今天晚上，我们就要到达邦皮家里了。

第七十章　城堡

苏 菲

　　穿越英格兰的时候，我们路过了布里斯托尔、斯温登和雷丁。现在，我们正坐在温莎城堡外面的长椅上。城堡由灰色石头砌成，远远地在我们的身后矗立着。城堡里面，伊丽莎白二世可能正在喝着茶。街对面是麦当劳，我们正在温莎城堡外面吃着芝士汉堡。

　　空气是那样温暖，让人充满期待。我们马上就到邦皮家了，也许还有半小时路程。

　　我猜我们要出发了。就是现在。

第七十一章　小屋

科迪

今天早上起来，我怀疑自己是不是踏上了另外一个星球，或者我住在另外一个人的身体里面。我之所以有这种感觉，其中一个原因可能是我昨晚睡在了地板上，另一个原因可能是昨晚到达邦皮家发生的那些事。

我们没费太大劲儿就找到了索普村，但所有的房子都没有门牌号，天又黑乎乎的，所以要找邦皮的房子还真不太容易。所幸所有的房子都有名字，像格兰可儿、黄屋、绿舍，还有老邮局。

邦皮的房子叫核桃树小屋，我们透过树林找了好久，希望找到一棵核桃树，最后发现邦皮家的核桃树早就没了。

最终我们还是找到了邦皮家。我们停在一座房子前，走过去敲了敲门，一位女士开了门，告诉我们："亲爱的，你们要找的那一家在这条街的对面。"她用手指着街道对面的一座白色的房子。

房子里所有的灯都亮着，我们轻轻地敲了敲门，门开了，是一位护士。多克叔叔解释了我们的来历，然后我们都挤进了房子里。接着多克叔叔问道："他在哪儿？"

那位护士领着我们穿过一间屋子进到另一间，那间屋子的屋顶很矮，很容易碰到头。我们跟随她又穿过一间屋子，走过一条狭窄的走廊，进了邦皮的卧室。

我们看到了邦皮，他闭着双眼躺在床上。我很确定，我们用光了所有的运气，邦皮已经去世了。

第七十二章　邦皮

苏菲

啊，邦皮！

我能理解他为什么要回到故乡英格兰了。这儿太美了，玫瑰顺着房子的外墙向上攀爬，薰衣草一簇簇地开在道路两旁，房子里面是小小的房间、小小的窗户，以及迷你的壁炉。

我本想单独见见他，但现实是我们大家全都挤进了屋子。

"他去世了吗？"科迪问。

"嘘，"护士说，"他没有去世，但他现在有些糊涂。不要吓到他。"

他的样子和我想象中的有些不一样，但是我想这很可能是因为他的眼睛和嘴巴都是闭上的。

我看到的是一张温柔的圆脸，非常苍白，他的前额上有几缕花白的头发。他看起来很像多克舅舅老了以后的样子。

多克舅舅握着邦皮的手，轻轻地抚摸着。"邦皮，"他低声唤道，"邦皮？"

邦皮睁开眼睛，眨了眨，直愣愣地看着多克舅舅。"你是皮特？"他对着多克舅舅问。

"皮特？"多克舅舅说，"谁是皮特？我是——多克——约拿。"

"约拿不在家，"邦皮说，"他在营地里。"

多克舅舅咬了咬他的嘴唇。

"邦皮？"摩舅舅唤道。

邦皮紧紧地盯着摩舅舅，问道："你是谁？"

"是我，摩西。"

"摩西不在家，"邦皮说，"他在营地里。"

思图舅舅问道："邦皮？你认识我吗？我是斯图尔特。"

邦皮又眨了三四次眼睛。"斯图尔特不在家，"他说，"他在营地里。"

然后，科迪走了过去，邦皮说道："啊，是摩西啊！你从营地里回来了？"

科迪回答："是的，我从营地回来了。"

然后布赖恩也靠了过去，邦皮又说："是斯图尔特！你也从营地里回来了？"

布赖恩回答："没错。"

接着，我也走了过去，在邦皮身旁跪了下来。我问："邦皮？你知道我是谁吗？"

他盯着我看了好久，问："你是玛格丽特？"

我回答："不是。"

"克莱尔？"

"不是。"

布赖恩说："苏菲，别闹了。他不认识你。"

这时，邦皮说道："苏菲！你是苏菲？"

我回答："是的。"

第七十三章 故事

科迪

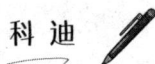

到达邦皮家一周多了，我们第一次扬帆起航似乎是上辈子的事情了。

第一天，邦皮基本上睡了一整天，他根本没认出我们。第二天，苏菲开始对邦皮讲他自己的故事。她问："邦皮，你还记得吗？你小的时候住在肯塔基的农场，家里人为了买一辆车而卖了两头骡子。邦皮，你还记得吗？"

他睁大眼睛点了点头。

"邦皮，你还记得你是怎么去到镇上取车，又是怎么开车回家的吗？在回家的路上……"

听完所有细节，邦皮点点头说："是的，那是我。"

"在水里，你不停地挣扎着——"

"我?"邦皮问。

"你整个人被水淹没——"

"这部分我记不太清了。"邦皮说。

那天下午，苏菲给邦皮讲了另一个故事。"邦皮，还记得吗? 你年轻的时候住在靠近俄亥俄河旁边的肯塔基，有一天你开始穿越那架铁路桥——"

"那个铁路桥，记得，我记得。"邦皮说。

"你还记得那天的风是怎样刮的，雨是怎样下的吗?"

"记得，我记得。"

"还有，火车开来的时候，你不得不松手，落到水里——"

"是的，是的，那是我。"

"漩涡把你卷进水里，你挣扎着——"

"这部分我记不太清了。"邦皮说。

苏菲把所有给我们讲过的故事又给邦皮讲了一遍。她在讲故事的时候，我们所有人都在房间里踱来踱去，每个人都安静地听她讲这些故事。

邦皮几乎记得她所说的一切，除了他在水里挣扎的那部分。

当房间里只剩下邦皮、我和苏菲的时候，苏菲讲了一个她此前从没有讲过的故事，故事是这样的：

"邦皮，你还记得，你很小的时候，和你的爸爸妈妈一起去航行的事吗？"

"我有吗？"邦皮问。

"在浩瀚的蓝色大海上，你们航行了很远很远，天空变成了灰蒙蒙的一片，然后风开始咆哮，你还记得吗？"

他看着她，眨了眨眼睛，没有说一句话。

"你还记得那天的风吗？它咆哮着，怒吼着，船只在海浪中翻腾。天气太冷了，你妈妈用一张毯子裹着你，把你放进一只救生艇里。你还记得吗？"

邦皮盯着她，依旧一言不发。苏菲语气急促地继续说道："记得吗？你还记得吗？那风多冷啊，那海水像一道黑色的水墙滚滚而来，朝你们袭来。你们漂呀、漂呀、漂呀……然后……然后……爸爸妈妈……爸爸妈妈……"

她看着我，目光里带着恳求。突然间，我彻底明白了，我跪在床的另一边。"爸爸妈妈没能够回来。"我接着说。

　　苏菲大口喘着气。"爸爸妈妈没能够回来，"她重复了一句，接着又急匆匆地说，"后来，邦皮，你就是一个人了，孤零零的一个人，在海上漂啊，漂啊——"

　　邦皮说："但是我——"

　　我走到床的另一边，拍了拍她的手。"苏菲，"我说，"也许这不是邦皮的故事。也许这是你的故事。"

　　邦皮悄悄地说："苏菲，他说得对。亲爱的，这是你的故事。"

　　苏菲盯着我，接着又看向邦皮。她看起来害怕极了，她坐在那儿，在邦皮身旁显得特别娇小。然后，她把头低下去，贴在邦皮的胸口，不停地哭啊、哭啊。

　　我离开房间，走进后院，留他们两个单独待着。我躺在苹果树下的草地上。

　　过了差不多一个小时，苏菲走出来，给了我一本蓝色布艺封面的笔记本。

　　"我希望你读读这个，"她轻声说，"他也是你的邦皮。"然后她走出大门，沿着村子的小路走了出去。

　　笔记本里夹着手写的信，大概有二十到三十封，日期都是过去三年间的。

收信人处写着"致我的苏菲"，所有的信的落款都是"你的邦皮"。

第一封信是欢迎她来到这个家庭的。他告诉她，她可以叫他外公。他会成为她的邦皮。他在每一封信中都对苏菲讲了一个自己的成长故事，他说，这样她能够更了解他一些。

信里除了苏菲给我们讲过的那些故事，还有其他故事：关于邦皮在学校的故事，关于他和祖父一起钓鱼的故事，还有他第一次接触女孩的故事，以及他与他的妻子玛格丽特相遇那天发生的故事。

在信中读到这些故事，这些有关掉入河中的汽车、跳下铁路桥、邦皮的洗礼、邦皮在小水池里游泳，以及邦皮出海的故事，真的很奇妙。这些故事的叙述方式大部分都和苏菲讲述的一致，除了在水里挣扎的那部分。他总是泡在水里，但是他从没写过在水里挣扎的那些事。那些是苏菲杜撰的。

读完这些信，我沿着村里的小路寻找苏菲。

第七十四章 苹果

苏菲

邦皮的小院看起来美极了：玫瑰、薰衣草、飞燕草、牵牛花和三色堇开得遍地都是。后院种着一棵苹果树，树上的苹果快熟了。到这儿的第三天，摩舅舅去院子摘了一些熟透了的苹果，然后他走进邦皮的卧室，说："邦皮，你看我给你拿了什么！"

邦皮坐了起来，说："苹果派！"他笑了，然后哭了起来，不一会儿又笑了，摩舅舅也跟着一会儿哭一会儿笑。然后，所有人走进那间卧室，都是又哭又笑的。

"你们知道怎么做苹果派吗？"思图舅舅问道。

"找奶奶的菜谱，跟着菜谱一步一步做！"摩舅舅非常骄傲，"我可不是个笨蛋！"

那天下午，我和科迪坐在邦皮身旁，看着他入睡。刚开始，邦皮短促地呼吸了两下，接着，他长长地停顿一会儿，又短促地呼吸了一下，然后便安静下来。

我和科迪被吓得面面相觑。然后邦皮突然"呼"的一声吐了长长的一口气，恢复了正常的呼吸。

"你是不是和我想的一样？"科迪问，"是不是也在想着'邦皮，加油'？"

"是的，我是这么想的。"我说。

你能想象到会有这么一天吗？邦皮脆弱地躺在床上，然后每个人都变得特别温和、安静、体贴。但是，思图舅舅和摩舅舅又吵了一架，他们在争论着要不要带邦皮回美国。

"他怎么能待在这里呢？"思图舅舅很坚决，"他没办法照顾自己，谁来照顾他？我认为他应该回美国。"

"我认为他得待在这儿，"摩舅舅说，"还有，如果他去了美国，他住哪儿？住你那儿吗？"

思图舅舅结结巴巴地说："住我那儿？我们没有多余的房间了，我们没有准备好。为什么不住你家？"

多克舅舅打断了他们："也许你们应该问问邦皮他想住哪里。"

于是，他们去问邦皮。邦皮回答道："我就待在家里！我就待在这儿！"多克舅舅说邦皮早就做好了决定，他已经回到故乡，这是一个美丽的地方，我们应该让他留在英格兰，和到处盛开的玫瑰花和薰衣草在一起。

"那么谁来照顾他呢？"思图舅舅问道。

"我可以。"我说，"这个夏天我来照顾他。可以吗？"

"你年纪太小了。"思图舅舅说着，抱起胳膊，有时候布赖恩也会这样，"你知道吗？我不想操心这件事了，因为你们都在操心。我要去打个盹儿。"

这时，罗萨莉到了。我们都站在旁边，盯着多克和罗萨莉。被我们这样盯着，他们一定很烦吧，所以没过多久，他们就说想出去走走。

在厨房，布赖恩正在抄写苹果派的配方。"在海上的时候，我就一直想着苹果派的事，"他说，"现在我要学着怎么做了。"

"嘿，"科迪说，"看那儿——"

在后院，摩舅舅正在抛苹果。我们出去观看的时候，摩舅舅还在抛着。"瞧瞧，"他说，"我可以一次抛四个苹果！这真是太酷了。西拉－奥斯卡－十一月（儿子）？你觉得怎么样？"

"德尔塔－阿尔法－德尔塔（爸爸），太棒啦，"科迪说，"太棒了。"

于是我们开始摘苹果。然后，我们走到邦皮的窗户前，他正靠在枕头上看我们。我们开始在窗口抛苹果，飞舞的苹果不一会儿就砸到我们各自的脑袋上，多克舅舅散步回来的时候正好看到我们在玩杂耍。

第七十五章　啊，罗萨莉

科迪

女人啊！

罗萨莉走了。

多克叔叔散完步一个人回来了，他看起来很沮丧。我们用各种问题轰炸他，希望知道罗萨莉在哪儿。

"离开了。"他说。

"离开了？"苏菲说，"她不可能离开的。她才刚到这里——"

"她离开了，"多克叔叔一遍又一遍地说，"离开了，离开了，真的离开了。"

接着，每个人的嘴巴都像上了小马达一样，不停地问，想要知道罗萨莉到底去了哪里，她为什么离开，以及她什么时候回来。

多克叔叔说："她有一些无法更改的计划。她明天要去西班牙。"

苏菲说："快去找她！"

布赖恩说："阻止她！"

多克叔叔耸了耸肩："她有自己的想法，她可是罗萨莉。"

布赖恩和苏菲仍然不停地说"去找她"。这时，我不知道自己怎么了，突然问了一句："你为什么不向她求婚？"

"我求婚了。"多克叔叔说。

"多克，太好了！"我爸爸说。

我问："那她怎么说？她为什么离开？"

"就像我说的那样，她有她的计划。"

"那结婚的事呢，她怎么回复的？"我追问。

多克叔叔站在那里，一只手不停地抛着一个苹果："她说还太早了。"

"太早了？"苏菲说，"你已经等了一辈子了。你们都已经不再年轻了。"

"算了，"多克叔叔说，"一个人就不能有些秘密吗？"

接着，有人说，也许罗萨莉会改变主意，也许她要完成她的任务再回来。然后苏菲说："如果你们真的结婚了，你不会让她一个人做家务的，对吧？"

这时，思图叔叔加人我们，说："好吧，这个话题到此为止吧。我们到底要怎么照顾邦皮？"

"也许我能解决这个问题。"多克叔叔说。

"怎么解决？"思图叔叔问。

"我会留在这里。"多克叔叔说，"我会留在英格兰，我会照顾他。"

所有人似乎都松了一口气，大家都认为这是个好的解决办法。但是后来，布赖恩、苏菲和我打包行李的时候，布赖恩说道："我觉得太伤心了。多克叔叔刚刚找到罗萨莉就要再次失去她。现在他还得放下一切留在这里照顾一位老人。"

我告诉他，邦皮不只是一位老人，他还是多克叔叔的爸爸。

后来，苏菲总在想，罗萨莉会不会在某一天改变主意，邦皮会不会好转。我说也许我们可以来英格兰看他们，比如夏天的时候。苏菲说："也许我们可以驾驶着漫游者号再次出航。"

"太棒了，"我说，"我们要再次出航，我们要航行到很远很远的地方——"

"不要太远，"布赖恩说，"也不要太近。"

苏菲说，万一罗萨莉没有回来，我们可以去找罗萨莉。啊，罗萨莉！

第七十六章　礼物

苏菲

昨晚，我们都围坐在邦皮身旁，我们给他讲述了发生在漫游者号上的故事，他似乎全都听懂了。故事讲完，邦皮说："你们都应该吃苹果派。苹果派在哪儿？多做点苹果派！"

摩舅舅说："等等——我有些东西——"

我们以为他会拿进来一些苹果派，但是他拿进来的是一堆扁平的包装盒。他拿起最上面的一个盒子说："这个是给邦皮的。"

邦皮把盒子上的包装纸撕了下来，里面是摩舅舅的画作，画的是邦皮坐在床上吃苹果派。

"苹果派!"邦皮说道,"哈哈! 苹果派!"

在画作的右下角,摩舅舅写了"尤利西斯吃苹果派"!

"尤利西斯!"邦皮说道,"哈哈哈! 是我!"

摩舅舅把另外几个包装盒递给了思图舅舅、布赖恩和多克舅舅。思图舅舅拿到的那幅画,是他和布赖恩使用六分仪的情景。给布赖恩的那幅画,是他在小厨房整理一堆清单的场景。摩舅舅为多克舅舅画的是一幅水彩画,上面是他的"宝宝"漫游者号,多克船长正站在船头的位置。

大家都对着这些画作发出"哇哦"的惊叹声。

"这一幅是给科迪的。"摩舅舅说。

科迪撕掉包装,里面是一幅钢笔画,画中的科迪在玩杂耍。他站在漫游者号上,船正向一个方向倾斜,但是科迪保持着平衡。他抛着的不是椒盐饼,也不是袜子,而是人。我们每个人都变得小小的,科迪把我们抛起来了。

"天哪!"科迪叫道,"太神奇了!"

"你们注意到那些结了吗?"摩舅舅问。

　　我们凑近一看，发现了那些结——科迪的头发尾部全都系着绳尾结和双套结。

　　"这是我有生以来见过的最漂亮的一幅画。"科迪说。

　　我想摩舅舅听到这句赞扬一定很开心。

　　"等等!"说着，科迪冲进房间。当他回来的时候，他把从狗记上撕下来的一页纸递给摩舅舅。"给你，"他说，"我会把边缘都留白①——"

　　"给我的?"摩舅舅问。

　　这是一幅画，画里是摩舅舅，他躺在漫游者号甲板的椅子上，腿上放着一本速写本。在画的右下角，科迪写着：艺术家摩西。

　　"摩西，"摩舅舅说，"是我!"

　　邦皮说："嘿! 还有两幅画? 是给谁的?"

　　"哦，对了。最后这两幅画是为两位新的家庭成员准备的，但是——"他看了看多克舅舅，"这一幅原本是为罗萨莉准备的。我想应该由你来打开。"

　　多克舅舅慢慢地打开包装盒。里面也是一幅画，画

　　————————

　　① 给画的边缘留白主要是为了可以装裱。——译者注

上有三只鲸鱼：鲸鱼妈妈、鲸鱼爸爸，还有一只小鲸鱼。我们在海上见过它们。

"啊，"多克舅舅低声说，"啊，罗萨莉——"

邦皮问："罗萨莉？你们一直说的罗萨莉是谁？我认识她吗？"

科迪说："她是多克舅舅认识的一位非常娇小优雅的女人，她暂时离开了。"

"派人把她找回来！"邦皮说。

我们都看向多克舅舅。"我知道了。"他说，"最后一份礼物是给谁的？"

摩舅舅说："这是给苏菲的。"

礼物？给我的？我的手指颤抖着，几乎都不会撕包装纸了。我高兴极了。盒子里是摩舅舅画的一幅画。

画中的我坐在吊椅里，在高空中飘荡着，飘荡在海浪之上。海水是一望无际的蓝色，天空也是一望无际的蓝色。我的脚下，在蓝色的海水中有一对海豚，它们正腾空而起。

画的下面，摩舅舅写着：苏菲，加油！

第七十七章 记住

科迪

　　向多克叔叔和邦皮道别是一件很艰难的事情，但是我们还是道别了，坐飞机飞过了广袤无际的海洋。一想到我们竟然扬帆横穿了这片海洋，那感觉太不可思议了。

　　回到家后，苏菲在我家住了一周。我们昨天去了海边，沿着沙滩慢慢走着，看着海水，忍不住聊起了我们的那次行程。我们一直走啊走，直到走到我们第一次看见漫游者号，也是我们修理漫游者号的地方。我们聊起去过的布洛克艾兰、马撒葡萄园岛和大马南岛，还有去往爱尔兰途中那段距离遥远、危险重重的旅程。

我问:"你还记得你曾说过,你小的时候和邦皮一起去过布洛克艾兰挖蛤蜊的事吗?"

"是的。"她说。

"如果你不想回忆起这段经历也没关系,但是我很好奇,也许那是你的另外一位'邦皮',你的第一位'邦皮'——"

苏菲突然停下了她的脚步,问:"我的第一位'邦皮'?"

"没错,也许他才是带你挖蛤蜊的人,也许你当时和你的父母在一起,我是说你的第一对父母——"

"我的第一对父母?"

"听上去,那段时间应该很美好。"我说,"那是值得记住的美好回忆,对吗?你告诉我的那个小孩,她应该不会介意自己记住这些事情,对吗?"

"那个小孩长大了。"她回答。

我一直在想那个小孩。我想,那个小孩还是幸运的,她最终待的地方不需要她想起所有的事情;而且,正因为不需要想起所有的事情,她已经想起一些事情了。伴随那些痛苦的事情而来的,是值得回忆的幸福的事情，也许她感到自己寻回了失去的过往。

思图叔叔打来电话，说他找到了一份工作，是在一家公司绘制海底地图。"你应该看看他们那些设备！"他说，"看到海底究竟有些什么实在是太棒了。"

一开始，苏菲对此很感兴趣，问了上百万个问题，例如有哪些设备，海底有什么。后来，她说她不确定自己是不是真的想了解海底的一切。

我爸爸参加了夜校的美术班。"那意味着，你可以做你想要做的事情了？"苏菲问他。

我爸爸回答："白天的时候，我还得和数字打交道，但是晚上我就成了'艺术家摩西'。"

多克叔叔打来电话，说漫游者号修好了。下个月，等邦皮好一些，他想带他出一次海。

苏菲说："不要让他从船上掉下去，不要让他掉进水里。"

我说："也许你们可以开着船去西班牙。"

多克叔叔说:"没错,我不会让你知道我们会去哪儿。"

下周,西拉-奥斯卡-爸爸-旅馆-印度-回声、暴徒-罗密欧-印度-阿尔法-十一月和我准备去苏菲家看看俄亥俄河。苏菲说,在海上航行过后,坐河上的小船会觉得特别平稳。布赖恩在忙着列清单,记下我们造小船所需要的设备和材料。我们已经决定把船涂成蓝色,给它起名叫"蓝色爵士乐手漫游者号"。

"我们会找到邦皮掉下去的那座桥。"我说。

"还有河里邦皮翻车的地方。"布赖恩说。

"还有邦皮接受洗礼的地方,他咬牧师的地方。"

我想,我的狗记完成了。

暴徒-美国佬-回声-暴徒-美国佬-回声(拜拜)。

第七十八章　家

苏菲

　　我回家了，回家真是太好了。科迪和布赖恩要在这里待上几周。

　　我现在的爸爸妈妈，看到我完整地回家后，可算是大大地松了一口气。晚上，他们总是不断跑到我的房间来，静静地坐在我的床边。当我睁开眼睛的时候，他们会问："你还好吗？你需要什么？"我回答："我很好。"

　　回家的第一天晚上，爸爸做了我最喜欢的烤鸡和烤玉米。

　　科迪说："好吃，这只鸡很美味！"

　　布赖恩说："好吃，烤玉米很美味！"

　　我们吃了超大份的熔岩巧克力圣代。

布赖恩说:"我想我们需要给他们展示一下怎么做一个派。"

昨天,科迪、布赖恩和我来到俄亥俄河边,我们站在河边看着水流卷着树枝和叶子流到铁路桥的下面,它们逐渐漂远了,漂到河湾处。

"你不想知道河湾那儿有些什么吗?"科迪问。

"苏菲,你去过那里吗?"布赖恩问。

"没有,"我说,"还没有。"

"那么,"科迪说,"你们怎么想?我们要不要划着'蓝色爵士乐手漫游者号'去那边瞧瞧?"

"我们马上找一些船桨样子的木板来。"我说。

布赖恩说:"哈哈哈,哈哈!"

我既不在梦境,也不在现实,更不在"倔强之地"。此时此刻,我就在这里。我闭上双眼,仍然能够闻到大海的气息,我感觉自己就像被清澈冰凉的海水浸泡过后,从水里出来的那刻一样,洗去了所有尘埃,变成了全新的一个人。

邦皮,再见。大海,再见。

我的阅读单

一、每个人心中都有一个航海梦，如果你有机会和苏菲一起去海上航行，你会为远航做哪些准备呢？

所需的物品：
_____
_____

所需的航海知识：
_____
_____

想邀请的同行者：
_____
_____

其他能想到的：
_____
_____

航海准备

二、远航的过程中有苦有乐，请你想一想，苏菲在航行的过程中可能会遇到哪些事情？她会有怎样的心情？

苏菲可能会看见海鸥在海面上飞行，可能会看见海豚跟随船只跳跃。苏菲一定很开心。

苏菲可能遇到的事情：_____
她的心情：_____

《苏菲的航海日记》阅读中

一、 为了让我们的阅读旅途更顺畅，先来梳理一下人物关系吧！在方框内填上对应人物的名字。

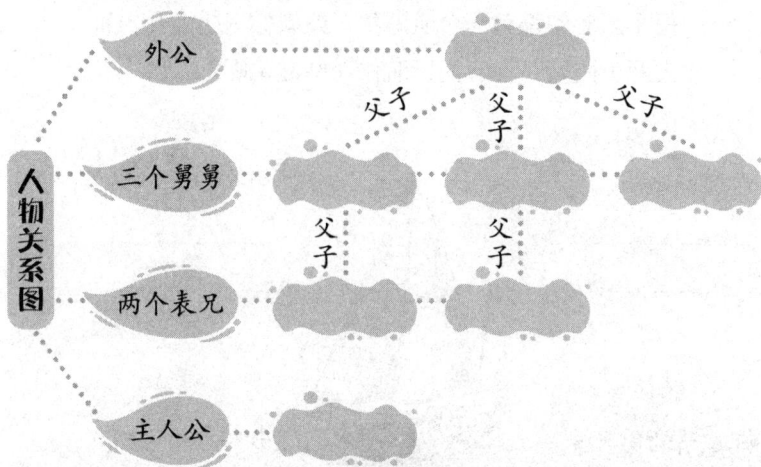

人物关系图

外公 ········· ▭

父子 | 父子 | 父子

三个舅舅 ········· ▭ ········· ▭ ········· ▭

父子 | 父子

两个表兄 ········· ▭ ········· ▭

主人公 ········· ▭

二、 书中的"远航"是一条明线，但它还藏着一条暗线，那就是"苏菲的身世"。苏菲的身世是如何一步步被揭晓的？请你边读边记录下来！

苏菲的航海日记

例 / 第27页 思图

多克叔叔可怜她这个孤儿。思图叔叔叫苏菲"孤儿"。

《苏菲的航海日记》阅读后

一、航海前后，船上的每个人都发生了一些变化。选择你最感兴趣的一个人，找到他（她）的变化，总结出他（她）发生变化的原因，在白纸上写出来吧！

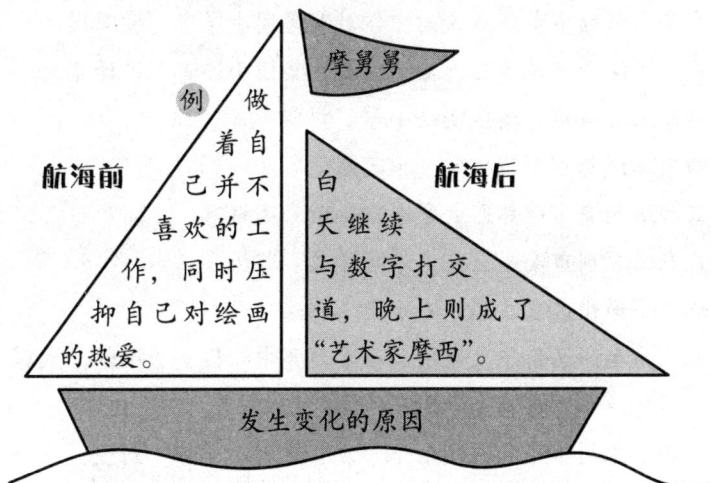

摩舅舅

例 航海前 做着自己并不喜欢的工作，同时压抑自己对绘画的热爱。

白 航海后 天继续与数字打交道，晚上则成了"艺术家摩西"。

发生变化的原因

受苏菲的启发，逐渐意识到"要做自己喜欢的事"。

二、一天，苏菲在海边把自己的秘密装进了漂流瓶。如果你也有一个漂流瓶，你想写点什么呢？

只有勇敢面对，才能释怀，才能消除大海在我的潜意识中留下的恐惧。终于，我做到了。直面死亡，是生命里的必修课。
————苏菲

特别致谢

本书阅读导师（排名不分先后）

广东省深圳市福田区实验教育集团侨香学校　郝田媛

四川省宜宾市南溪区前进小学　蒋小容

广东省深圳市龙华区民治中学教育集团小学部　童璐瑶

广东省深圳市龙华区民治中学教育集团小学部　冯泽华

湖北省宜昌市夷陵区实验小学　刘朗

四川省成都市实验小学　申芸霜

陕西省西安市碑林区大学南路小学　高水淋

广东省深圳市南山区前海港湾学校　郭凤

北京市通州区宋庄镇中心小学　韩瑶

北京市朝阳区清华大学附属小学商务中心区实验小学　武琛

四川省成都市成都大学附属小学　何娜

广东省深圳市龙华区民治中学教育集团小学部　刘翌

江苏省无锡市锡山实验小学　王玉

广东省深圳市龙华区民治中学教育集团小学部　严乐乐

广东省深圳市龙华区广培小学　王远林

河北省保定市清苑区实验小学　郭苗苗

四川省广元市利州区宝珠小学　田成斌

四川省成都市成都大学附属小学　黄雪

安徽省亳州市皖江学校　汪真真

总导师

广东省深圳市南山外国语学校（集团）第二实验学校　朱玮

顾问导师

广东省深圳市深圳实验学校小学部　周其星